おれは一万石

藩主の座

千野隆司

双葉文庫

目次

那珂湊
高浜
秋津河岸
霞ヶ浦
北浦
鹿島灘
利根川
小浮村
高岡藩
高岡藩陣屋
酒々井宿
飯貝根
銚子
外川
東金

↑白沢・柳林・阿久津河岸へ
久保田河岸
▲筑波山
下妻藩
鯉川
小貝川
関宿
鬼怒川
牛久
粕壁
野田
取手
柏
流山
三郷
木颪
川口
松戸
白井
江戸川
鎌ヶ谷
萩原村
隅田川
江戸城
行徳
印旛沼
日本橋行徳
新川
小名木川

おもな登場人物

井上正紀……高岡藩井上家世子。
竹腰睦群……美濃今尾藩藩主。正紀の実兄。
山野辺蔵之助……北町奉行所高積見廻り与力で正紀の親友。
植村仁助……正紀の供侍。今尾藩から高岡藩に移籍。
井上正国……高岡藩藩主。尾張藩藩主・徳川宗睦の実弟。
京……正国の娘。正紀の妻。
佐名木源三郎……高岡藩江戸家老。
佐名木源之助……佐名木の嫡男。
井尻又十郎……高岡藩勘定頭。
青山太平……高岡藩徒士頭。
高坂市之助……仇討ちを遂げ、帰参した高岡藩士。
松平定信……陸奥白河藩藩主。老中首座。
松平信明……吉田藩藩主。老中。老中首座定信の懐刀。
井上正森……高岡藩先代藩主。

おれは一万石
藩主の座

前章　謀略

一

寛政《かんせい》三年（一七九一）一月二十九日、東の空が徐々に明るみを帯び始めた頃、江戸《えど》の町は朝霧に覆われた。雨水《うすい》も過ぎて、朝夕の寒さも緩んできた。

下総高岡《しもうさたかおか》藩一万石井上《いのうえ》家の家臣佐名木源之助《かしんさなきげんのすけ》と植村仁助《うえむらにすけ》は、日本橋小伝馬町《にほんばしこでんまちよう》牢屋敷門前に立った。

「いつ見ても、不気味な建物でございますな」

建物を見上げて、植村が言った。植村は相撲取りと見まごう巨漢だが、屋敷の塀の傍に立つと大きさを感じない。

間口は五十二間二尺（約九十四メートル）、奥行き五十間（約九十メートル）で、敷地は二千六百七十七坪あった。忍び返しがついた高さ七尺八寸（約二メートル三十四センチ）の練塀《ねりべい》に囲まれている。周囲は堀になっていて、表と裏の門の前には石橋が架かっていた。

表門は南西に面しているのでまだ暗い。源之助が下から見上げると、忍び返しが靄《もや》でかすんでいる。中の建物は窺えなかった。耳を澄ましても、何の音も聞こえなかった。

「鼻垂れの悪童も、この前を通るときはおとなしくなるそうな」

源之助は部屋住《へやず》みだが、高岡藩江戸家老佐名木源三郎《げんざぶろう》の嫡男である。植村は世子《せいし》井上正紀《まさのり》付きの家臣だ。正紀が美濃今尾《みのいまお》藩竹腰《たけのこし》家から井上家に婿に入ったとき、家臣としてついてきて高岡藩士となった。源之助はいずれ藩の要職に就く者だが、今は部屋住みなので、下士の植村にも丁寧な物言いをした。

しばらく見ているうちに、靄も消えて明るくなってきた。すると潜り戸が開かれて、箒《ほうき》を手にした股引《ももひき》に法被《はっぴ》姿の下男《しもおとこ》が外に出てきた。門前から石橋にかけて、念入りに掃き始めた。

この日は朝五つ半（午前九時）から、四人の罪人の敲《たた》き刑が執り行われる。下男はそのために、丁寧な掃除を行っていた。

箒の音が、耳に届いてくる。

「杉之助《すぎのすけ》のやつ、うまく逃げたものです」

「まったくです。本来ならば、以蔵《いぞう》の仲間として死罪は免れなかったわけですから」

源之助の言葉に植村が頷《うなず》いた。

処罰される四人の中の一人が、永久島北新堀町《えいきゅうじまきたしんぼり》の干鰯〆粕魚油問屋《ほしかしめかすぎょゆ》東雲屋《しののめ》の番頭杉之助だった。敲き刑には、五十敲きと百敲きがあるが、杉之助は重い方の刑を受ける。

年の瀬も迫った師走《しわす》の二十八日に、永久島箱崎町《はこざき》の干鰯〆粕魚油問屋宮津屋《みやづ》へ、三人組の盗賊が押し込んだ。主人と用心棒を殺害して、四百二十両を奪い取った。そのとき用心棒は、賊の一人を斬殺していた。賊は三兄弟で、命を失ったのは、三十一歳の末弟で才蔵《さいぞう》という者だった。

三人は銚子《ちょうし》の出で、三十五歳の長兄以蔵、次兄の寅蔵《とらぞう》は三十三歳だった。

「逃げた兄二人は、それから一月《ひとつき》の間も置かず、深川東永代町《ふかがわひがしえいたい》のこれも干鰯〆粕魚油問屋の鹿島屋《かしま》へ押し込んだ。図太いやつらでござる」

「しかし次の犯行を正紀様や北町奉行所の高積見廻り与力の山野辺《やまのべ》殿が予見し、押し込みをしくじらせることができました。寅蔵を逃がしたのは無念ですが、以蔵を捕らえることができました」

植村の言葉に、源之助が応じた。以蔵は獄門《ごくもん》が決まっているが、執行はされていない。事件はまだ、解決していないからだ。

「一月足らずの間に二度の押し込みをなし、一度目はうまくいった。二度目も、我らが闇に控えていなければ、やつらは鹿島屋でも金を奪えたはずでござる。それができたのは、東雲屋の伝五郎《でんごろう》や杉之助が共謀したからに他なりませぬ」

「まことに。証拠足らずで、押し込みの共犯にはできませなんだ」

植村は、いかにも悔しそうな口ぶりだ。

以蔵はかつて、東雲屋の隣に店を構えていた同業房川《ふさかわ》屋の奉公人から婿になり、若旦那と呼ばれていた。しかし隠し女がいて、その腹に子ができたことが明らかになって、十三年前、店を出されることになった。

以蔵は店を出る前夜に、店の金を奪おうとしたが、主人に咎《とが》められこれを殺害した。五十両を奪い、そのまま舟で身重の女と共に江戸から逃走した。

以蔵と杉之助は歳も近く、同業の奉公人だったから親しい関係にあった。

三人組による押し込みは十年ほどの間に、ご府内だけでも何度かあった。二、三度起こした後で姿を消し、ほとぼりが冷めた頃また姿を現した。

目当てのためには、殺しも辞さない凶悪な賊だった。

そして昨年、盗み働きをするために江戸へ出てきた以蔵は、たまたま杉之助と出会った。

「杉之助が商売敵《しょうばいがたき》である宮津屋と鹿島屋への押し込みの手引きをしたのは、間違いござらぬ。この機に客と仕入れ先を奪おうという企みで」

「まことに。結局は、三田寺町《みたてらまち》の福徳寺《ふくとくじ》へ以蔵を匿《かくま》った罪だけで、宮津屋と鹿島屋の押し込みについては、まったく知らなかったと言い張りおった」

源之助の言葉に植村が続けた。

投宿をするための場所の口利きをした、というだけの罪となった。

「十三年前の房川屋の一件にも関わっていますからな、本来ならば死罪になるところが、百敲きで済むことになる。ふざけた話でござる」

源之助の気持ちが治まらないのは、その部分だ。植村も同じだろう。伝五郎は屹度《きっと》叱《しか》りという軽い刑で終わった。

さらにこの二つの押し込み事件の背景には、他の者の思惑も絡んでいた。東雲屋主人伝五郎と杉之助の商いを広げたいという企みだけではない。

高岡藩主正国《まさくに》は、心の臓の病で病床にある。一月の間に二度の発作を起こし、隠居を決意した。

世子の正紀が跡を継ぐのが当然のはずだが、横槍が入った。

高岡藩の代替わりについては、井上家の本家浜松《はままつ》藩六万石と、同じ分家の下妻《しもつま》藩一万石、そして西尾《にしお》藩大給《おぎゅう》松平《まつだいら》家側用人《そばようにん》加瀬《かせ》晋左衛門《しんざえもん》らによる企みがあった。正紀を廃嫡し、他の者を据えようという狙いだ。

以蔵を誑《たぶら》かし、正紀が押し込みに関与していると告げさせた。そして南町奉行所定町《じょうまち》廻り同心の塚本昌次郎《つかもとまさじろう》も、これを裏付けるような調べを伝えた。

とはいえそれは、明らかな証拠があってのものではなかった。

身の潔白を証《あか》すまで、正紀は藩の下屋敷に蟄居《ちっきょ》謹慎をせざるをえないはめに陥《おちい》った。

「許せぬ」

憤《いきどお》る二人。

掃除が済むと、粗筵《あらむしろ》三枚が重ねて敷かれた。その頃になると、少しずつ人が集まってくる。

敲き刑があることは、公にされていた。罪人の縁者や引き取り人が顔を見せる。物見高い見物人も、姿を見せた。

敲きの場を公開するのは、防犯を意図した見せしめのためだ。

源之助は、集まってくる者たちを検《あらた》める。誰が顔を出すか確かめたくて、早朝から二人でこの場にやって来たのだった。

「東雲屋は、杉之助をそのままにはしないでしょうね」

「ええ。企みの秘事を知っていますから」

杉之助には吟味方《ぎんみかた》が厳しい責めをしたが、二つの押し込みについては口を割らなかった。

十三年前の房川屋の件については、今となってはどうにもならない。鹿島屋への押し込みでは、以蔵を捕らえることができたが、寅蔵を逃がし東雲屋の関与を明らかにできなかった。

そして正紀は蟄居謹慎に追いやられた。

「こうなったら、事件を解決するしかありませぬ」

「はい。このままでは、正紀様は世子としての地位を奪われ廃嫡となります」

源之助の言葉に、植村が力強く頷いてみせた。

本家や分家の一部に企みがあり、東雲屋が一枚嚙んでいる。親正紀派の家臣は、濡れ衣を晴らすために力を尽くす決意だ。

「もし巨漢の者が現れたならば、そのままにはいたしませぬぞ」

植村は、丸太のような腕をさすった。巨漢の破落戸《ごろつき》が、押し込みの前の宮津屋周辺に出没し、南町奉行所同心塚本昌次郎が、正紀にとって不利な証言をした。

刑の刻限がきたらしく、門扉《もんぴ》が内側から開かれた。役人たちが姿を現した。

囚獄《しゅうごく》（牢屋奉行）石出帯刀《いしでたてわき》、見廻り与力、検使《けんし》与力、それに徒目付《かちめつけ》と小人目付《こびとめつけ》、医師といった面々である。その中には、山野辺蔵之助《くらのすけ》の姿もあった。鍵役同心や手伝いの非人数人が藁筵《わらむしろ》の近くにいる。

ざわついていた門前が、水を打ったように静かになった。見物人は三、四十人いるが、皆固唾《かたず》を呑んでいる。

「おお」

源之助は小さく声を上げた。三つ紋の黒羽織を身に着けた塚本昌次郎の姿があったからだ。執行の役があってではない。様子を見に来たのだと察せられた。他に深編笠の侍の姿もあった。

下妻藩士園田新兵衛《そのだしんべえ》、あるいは西尾藩士加瀬晋左衛門の配下笠原欣吾《かさはらきんご》ではないかと考えた。

「東雲屋は現れませんね」

植村も、周囲を見回していた。伝五郎の姿は見られない。

打役の同心が、石出らに一礼をして敷かれた粗筵の脇に立った。手には箒尻《ほうきじり》と呼ばれる打道具を握っていた。長さ一尺九寸（約五十七センチ）、回り三寸（約九センチ）の竹を二つに割り合わせて麻苧《あさお》で包み、その上を紙縒《こよ》りで巻き固めたものである。手元の握る部分の五寸（約十五センチ）ほどには、白革が巻かれていた。

「北新堀町杉之助、連れてまいれ」

検使与力が声を上げた。最初は杉之助が姿を現した。入牢したときの着物を身に着けていた。刑の執行を前にして怯えているのか、肩を落としていた。俯《うつむ》いているので、表情は分からなかった。

粗筵の前に立つと、控えていた非人が手早く着物を剝《は》ぎ取った。それを粗筵の上に敷いた。下帯一つになった杉之助が、うつ伏せに横たわった。下男四人が、手足の上に乗って動かぬように押さえつけた。

杉之助の顔が、恐怖で歪んでいる。

打役が、箒尻を振り上げた。直後風を切って振り下ろされた。びしりと肉を打つ音が、周囲に響いた。容赦のない打ち方だった。

「ううっ」

歯を食いしばっている杉之助が呻《うめ》き声を漏らした。背中に、赤い腫れが浮かぶ。見物人の中から、悲鳴が上がった。

「一つ」

数取り役が、大声を上げた。

二、三呼吸するほどの間を空けて、二つ目が打たれた。背中の腫れが、一つ増えた。四肢を押さえる下男たちは動じない。さすがに慣れていた。

三つ目を過ぎたあたりから、軽い気持ちで見に来たらしい野次馬は姿を消した。残る見物人も、一打ごとに自分が打たれたように体を震わせた。動けなくなった者もいたかもしれない。

杉之助の他に打たれる三人の親族の中には、合掌《がっしょう》し涙を流している者もいた。

五十打を過ぎたあたりで、背中の肌が裂けて、血の混じった肉の筋が現れ始める。

しかしそれでも、打役は手を緩めない。ただ背骨だけは、見事に外していた。

六十打を過ぎたところで、杉之助は気絶した。立ち会いの医師が頬を叩いて目覚めさせ、気付薬《きつけぐすり》と水を与えた。

わずかに休んでから、残りを打ち始めた。

「百」

数取り役が声を上げると、見物人の間からため息が漏れた。ものを言う者はいない。敲き刑が済むと、罪人は放免となる。杉之助は己の力では起き上がれなかった。呻き声を漏らすばかりだ。

すると待っていたように四人の人足《にんそく》ふうが戸板を持って現れ、杉之助を乗せた。そして門前から離れた。

「よし」

源之助と植村は、これらをつけた。いつの間にか、塚本や深編笠の侍の姿はなくなっている。

杉之助は、北新堀町の東雲屋へ運ばれ、裏木戸から敷地の中へ入れられた。近所の者に訊くと、一刻（二時間）ほど前には名医と呼ばれる者が、店に入ったと知らされた。

二

深川六間堀《ろっけんぼり》は、大川《おおかわ》に並行して竪川《たてかわ》と小名木川《おなぎ》を南北に繋ぐ掘割だ。人や船の行き来が頻繁で、倉庫も目立つ。しかし樹木も多く日本橋や京橋《きょうばし》界隈と比べると、鄙《ひな》びた印象があった。

遠江《とおとうみ》浜松藩六万石の中屋敷は、深川六間堀と小名木川が交差する場所の角地にあった。六間堀を挟んだ西隣にあるのは摂津《せっつ》尼崎《あまがさき》藩の下屋敷である。手入れの行き届いた長屋門は、風格を感じさせる。その奥まった一室に、三人の侍が顔を揃えていた。庭では、小鳥が囀《さえず》っている。

浜松藩江戸家老浦川文太夫《うらかわぶんだゆう》と常陸《ひたち》下妻藩隠居の井上正棠《まさき》、三河《みかわ》西尾藩大給松平家の側用人加瀬晋左衛門の面々だ。襖《ふすま》を開いた隣室では、園田新兵衛が笠原欣吾と共に控えていた。

浜松藩の当主正甫《まさもと》はまだ十四歳で、若年と言っていい。正甫の後ろ盾として過ごしてきた浦川は、藩内に絶大な力を持っていた。井上一門を牛耳《ぎゅうじ》る者として、尾張徳《おわりとく》川《がわ》家の血を引く正国や正紀が分家高岡藩の当主となることを、面白くないと考えていた。

正国は、御三家筆頭尾張藩八代藩主宗勝《むねかつ》の十男である。そして正紀は八男竹腰勝起《かつおき》の次男だった。正紀にとっては、当代藩主宗睦《むねちか》は伯父に当たる。尾張徳川家の傘下にあることには、利点もある。しかしそれなりの拘束もあった。意に沿わぬ方針であっても、従わなくてはならない。

扱いにくい存在だから、井上一門の中には、尾張と縁を切りたい者もいた。

その動きの先頭に立っているのが、浦川と下妻藩隠居の正棠だった。まだ三十九歳の正棠は、隠居にはまだまだ早い歳といえる。野心家だともいわれていた。藩主の座を長子の正広《まさひろ》に継がせたのにはわけがあった。

正広は正棠の実子ではあったが、不仲だった。それは正広の母と、正棠が心を繋げ合うことができなかったからだ。正棠は正広廃嫡の機を窺っていた。

井上一門の菩提寺《ぼだいじ》丸山浄心寺《まるやまじょうしんじ》の本堂改築の折、正紀と正広は普請《ふしん》奉行となった。正棠はその妨害をしたがしくじり、隠居を余儀なくさせられた。今は深川猿江《さるえ》の下屋敷でくすぶっている。

加瀬晋左衛門は、西尾藩六万石の当主松平乗完《のりさだ》の腹心として辣腕《らつわん》を揮《ふる》っていた。乗完は今、松平定信《さだのぶ》と共に老中の職にある。大給松平家と井上家本家は、乗完の父乗佑《のりすけ》の養女が浜松藩先代藩主井上正定《まささだ》の正室だったという姻戚関係があった。

「そうか。杉之助の敲き刑が、朝方に済んだわけだな」

「はっ。痛みに呻き、ついには気を失いましてございます」

正棠の問いかけに、園田が答えた。園田は今朝、深編笠を被って小伝馬町の牢屋敷表門まで出向いてきた。

「酷い目に遭った。ならば杉之助は、捕らえた正紀を恨んだであろうな」

「さようでございましょう」

「それでよい。己の恨みも加われば、正紀を貶《おとし》めるためには何でもするであろう」

正棠は口元に嗤《わら》いを浮かべた。

「仕置きの場には、高岡藩の者が姿を見せたか」

「はっ、正紀めの家臣二人が様子を見に来ておりました」

浦川の問いかけに、園田は答えた。

「一人は巨漢でしたので、すぐに分かりました」

と続けた。植村仁助という正紀の側近だ。

「しかしじたばたしても始まるまい。我らは正紀が、蟄居謹慎している間に事を進めるまででござる」

「さよう。正国様の隠居は、三月上旬には認められ、新たな跡継ぎが正式に井上分家の当主となる。尾張も動いているらしいが、どうにもならぬでござろう」

正棠の言葉に、加瀬が続けた。

「やり手の正紀は、必ず尾張一門の中で、力をつけていき申す。その芽を摘むのは、この度が何よりの好機でござる」

「さよう。だからこそ尾張では、正紀蟄居謹慎で事を収めようとしてござる。しかしそうはさせませぬ」

尾張藩当主宗睦は、松平定信の政策については、冷ややかな態度を取っている。囲米《かこいまい》政策や棄捐《きえん》の令は失策だと断じていた。だから浦川と正棠は、現老中たちは尾張を政権の敵と見なしていると判断した。

そこで定信に近い乗完を動かすために、その側用人である加瀬に話を持ち込んだ。乗完には部屋住みの実弟乗厚《のりあつ》がいて、正紀を廃嫡した後は、これを高岡藩主に据える話を持ちかけたのである。政敵の力を削ぐだけでなく、乗完にとっては都合のいい話といってよかった。

「乗完様は、定信様らご老中方に、正紀廃嫡の話を勧めてくださっているわけですな」

「もちろんでござる。上様にもその話をなされたとか」

加瀬はわざとらしく頭を下げた。将軍家斉《いえなり》にも、正紀の疑惑について耳に入れたという意味だ。これは大きい。浦川と正棠が、満足気に頷いた。

「このまま正紀廃嫡の動きを進めるぞ」

やり取りを聞いている園田新兵衛は、胸の内でそう呟《つぶや》いた。十九歳になる園田には、正紀を恨む気持ちがある。

そもそも園田家は、井上一門では名門の家柄である。父は元下妻藩江戸家老次五郎《じご》兵衛《べえ》で、正紀の婿入りには反対をしていた。そこで正紀を亡き者にしようと襲撃を指図《さしず》したが、失敗をして腹を切った。そして園田家は厳封《げんぽう》の上、江戸在府の御蔵役という閑職に追いやられた。

江戸屋敷が関わる物品や穀物の係で、藩の政《まつりごと》からは離れた役目だ。

「それもこれもすべては、正紀や正広のせいだ」

と考えている。

「正紀廃嫡の気運が高まるのは何よりだが、乗完様、乗厚様には、我らの企みはどこまでお伝えしているのでござろうか」

浦川が加瀬に尋ねた。

「高岡藩世子の廃嫡については、お伝えしておる。その段取りについてもでござる。ただ押し込みに関する詳細は、ご存じない」

盗賊のことも、東雲屋のことも知らない。

「なるほど。いや、それでよろしかろう。我らが片をつければよいことでござるゆえ」

「まことに。高岡藩に乗厚様をお迎えすればよいだけの話でござる」

正棠の言葉に、浦川が満足気に頷きながら返した。

三人の賊による宮津屋襲撃では、以蔵と南町奉行所同心の塚本昌次郎の証言が大きい。正紀は巨漢の植村を連れて町歩きをするのが常だが、それを逆手に取った。

どこかから巨漢の破落戸を手当てし、犯行前に宮津屋を探るような真似をさせた。さらに塚本は正紀に罪をなすりつけるために、都合の良い調べを行い、町奉行所の吟味の場に出した。

確証はなくても、疑念が浮かんだのである。加えて捕らえられた以蔵が、力を借りたものとして正紀の名を出した。

これがなければ、正紀の蟄居謹慎はなかった。

「捕らえられた賊だが、後になって証言を変えることはないであろうな」

浦川が園田に向かって、思いついたように言った。

「あやつには、死罪の後でこの世に残す者に、心残りがございまする」

「女房や子があるのだな」

「さようで。賊の弟や東雲屋が、女房子を守るということでございます」

口元に、薄い笑いを浮かべて言った。

「なるほど。しかしその妻子の行方を、正紀らは知らぬのであろうな」

「はい。知っていたなれば、すでに動いているかと存じまする」

注意して様子を見ていたが、その気配はなかった。園田は胸を張った。

「逃げた賊の一人と、証言をした定町廻り同心だが、その後はどうなったか。捕らえられ下手なことを喋《しゃべ》られたならば面倒だぞ」

浦川が、園田と笠原に目を向けた。東雲屋と関わっているのは、この二人だけだ。万一の場合を考えて、関わりを持つことは避けた。

「逃げた賊の仲間は、すでに江戸にはおりませぬ。東雲屋の手の内にありますので、ご案じなく」

三兄弟によるこれまでの押し込みでは、相当額の金子が貯えられたと踏んでいる。おそらく千両は下らないだろう。

散財をすれば目立つが、江戸ではその気配はなかった。その金がある限り、逃げた賊は執着する。東雲屋もそこを踏まえた上で、寅蔵が妙な真似をせぬか、警戒していることだろう。

「同心には、東雲屋が金を摑ませておりまする。まだ何かの折には使えると存じますが、厄介《やっかい》なことをしでかそうとした場合には、斬り捨てる所存にございます」

園田は、迷いのない声で応じた。

「ならばそれでよかろう」

頷いた浦川は、言葉を続けた。

「高岡藩内にも、正紀廃嫡の動きが出るように動いておる。まあ、見ているがよい」

自信ありげな、口ぶりだった。

第一章　籠絡

一

「そうか。東雲屋は、仕置きが済んだ杉之助を引き取ったわけだな」

牢屋敷門前の状況を、源之助と植村から聞いた正紀は言った。

「はっ。待っていた医者が、念入りな手当てをしたものと思われます」

厳しい仕置きの場を目の当たりにしてきた源之助は、まだ気持ちが波立っているらしかった。亀戸天満宮《かめいどてんまんぐう》に近い高岡藩下屋敷の庭に面した部屋で、他に青山太平《あおやまたへい》と腕に怪我をして晒《さらし》を巻いている高坂市之助《こうさかいちのすけ》がいた。

屋敷の両隣は大名家の下屋敷だが、裏手には田圃《たんぼ》が広がっている。江戸も東の外れといってよかった。長閑《のどか》な土地だ。

下屋敷の敷地は五千二百坪ほどあるが、手入れは行き届いていない。何年も、襖や畳の張り替えをしていなかった。かび臭い部屋もあった。

ただ庭に面した部屋にいて襖を開けていると、春らしい日が差してくる。梅の木が何本かあって、つんとした甘いにおいが漂ってきた。

上屋敷から移って三日後のことだ。源之助と植村、そして徒士頭《かちがしら》の青山、供番を命じた高坂は、下屋敷へ移り住んでいた。

「これで東雲屋は、宮津屋及び鹿島屋への押し込みの件とは関わりがないものとなったわけだな」

正紀としては、釈然としない気持ちだ。

「そうはさせませぬ。必ず関わりを明らかにし、正紀様を上屋敷へお戻ししなくてはなりませぬ」

源之助が強い口調で言うと、一同は頷いた。

青山は高岡藩譜代の上士で、藩財政の活性化を図るために、正紀の手足となって働いてきた。高坂は長い仇討《あだう》ちの旅を続けていたが、正紀の尽力で本懐《ほんかい》を遂げ、藩への帰参が叶った。どちらも、正紀と共に藩を盛り立てていこうと考えている者たちだった。

「ご家老の佐名木様や勘定頭《かんじようがしら》の井尻《いじり》殿も、案じていることでございましょう」

青山が続けた。佐名木源三郎は、正紀が井上家へ婿に入ったときから後ろ盾になってくれた者だ。また井尻又十郎《またじゆうろう》は小心者だが勘定についてはきっちりしており、破綻しかけた藩財政を支えてきた。正紀の蟄居謹慎が一日も早く終わるのを、上屋敷の藩士たちは待ち望んでいる。

「そうだな」

そして正紀は、妻女の京《きよう》と娘の孝《こう》姫のことを思った。口には出さないが、二人のことを頭に浮かべない日はない。

京と顔を合わせ、語らいを持つことで考えを整理する。それで新たな思案《しあん》が浮かぶことは少なくなかった。また傍《かたわ》らにいることで、気持ちが落ち着いた。孝姫も、日に日に成長をしている。

「殿も、快復しているのであろうな」

正国の容態も気になるところだ。何かあれば知らせがあるはずだが、何もなくても気になる。

「それにしてもやはり、同心塚本の証言は大きかったですね」

源之助が、正紀の蟄居謹慎になった事情を振り返るように口にした。庭から、小鳥の囀りが聞こえてくる。

「まったく、確証もないのに」

「そこが向こうの手でございましょう。火のないところに、無理やり煙を立てたわけで」

青山に続けて高坂が言った。

「それがしに似た体の大きい者を使うなど、許せぬことでござる」

植村は、腹を立てていた。塚本は、植村が宮津屋を探っていた人物だと証言する者まで連れてきた。

「そのために、正紀様が追い詰められることになりました」

怒りだけでなく、巨漢の己を恥じているようにも受け取れる。

「気にしてはならぬ。向こうが悪辣《あくらつ》なだけだ」

「まことに。その方《ほう》がいなければ、他の何かを利用したであろう」

正紀の言葉に、青山が続けた。源之助も高坂も頷いた。

「ともあれ、巨漢の破落戸を捜したく存じます」

植村が言った。悔しさと怒りがあるからだろうが、それだけではない。巨漢の者の、東雲屋や園田、笠原あたりとの関わりを摑めたら状況が変わる。

しかしその巨漢に対しては、これまでも何も調べをしていないわけではなかった。箱崎町や北新堀町だけでなく、永久島周辺の町を当たっていたが、鹿島屋が襲われた日以降で姿を見た者はいない。

「東雲屋がどこかに隠したのは間違いありませんが、どこを捜せばよいのでしょう」

植村は困惑顔で腕組みをした。今のところ手掛かりはない。何としても、捜し出したかった。

「相撲ならば、東両国《ひがしりょうごく》の回向院《えこういん》ではないか」

正紀は、頭に浮かんだことを口にした。

「あそこならば、折々興行が行われておりますな」

「志《こころざし》が叶わず、道を誤った者はいるでしょう」

青山と高坂が続けた。源之助と植村が行ってみることになった。

「それがしも」

高坂は行きたがったが、腕の傷がまだ治らない。

「無理だ」

と青山が断じた。鹿島屋での捕り物の際に、高坂は以蔵によって右の二の腕を斬られていた。傷が治るまでは無理をさせるわけにはいかない。

大川に架かる両国橋を東に渡ると、火除け地の広場になっている。見世物小屋や屋台店、大道芸人が客を集めている。隠居の老夫婦や稽古帰りの娘などの姿も見られたが、目つきのよくない破落戸や無宿者ふうの姿もあった。

源之助と植村は、体の大きな相撲取り崩れらしい者を捜した。回向院の門前町の方にも足を向けた。

するとそれらしい巨漢を見かけた。髷《まげ》の先を散らし、着物もまともな力士の装いではなかった。体つきはあんこ型で、こちらが捜す者ではない。

早速、源之助が問いかけた。

「さあ。行方の知れねえやつなんて、いくらでもいますぜ。名は、何ていうんですかい。歳はいくつくらいで」

そう尋ねられると、言葉を返せなかった。何も分かっていない。

「どんな面《つら》で」

見たことがあるわけでもなかった。

「それじゃあ、話になりませんぜ」

鼻で笑われた。

「昨年の十二月あたりから、にわかに銭を手に入れた者だ。永久島や小舟《こぶな》町界隈に顔を出したはずだが」

推察できることを付け足した。永久島とは、大川と箱崎川、日本橋川の三つに挟まれた、箱崎町や北新堀町、大名屋敷がある一帯を俚称《りしょう》したものだ。

「銭ならば、こちとらも欲しいが。どこかで稼いだんですかね」

「まあそうだろう」

首を傾げてから、二人の名を挙げた。この一月《ひとつき》余り、金回りのよい者だ。一人は本《ほん》所松坂《じょまつざか》町の商家の用心棒だった。

巨漢の用心棒は店にいて、植村と体形が似ていた。しかし襲撃の日や干鰯〆粕魚油問屋の話をしても、動じる気配はなかった。

「おれはほとんど、店にいたぜ」

店の小僧に訊くと、間違いなかった。宮津屋周辺に現れたのならば、違う反応をするだろう。

もう一人は深川馬場《ばば》通りの地廻りの子分で、捜すのに手間取った。何人かに訊いて、どうにか会うことができた。富岡八幡《とみがおかはちまん》の門前近くで、男は昼間から酒を飲んでいた。博奕《ばくち》の銭でも入ったのか。

捜し当てた男は大柄ではあったが、巨漢というほどではなかった。この男でもなさそうだが、ともあれ訊いた。

「年末から年明けにかけて、元力士で急に金回りがよくなった男を知らないか」

「さあ」

相撲でうまくいかなかった者は、長く本所深川界隈にはいられないはずだと告げられた。

「いつの間にか、いなくなっているぜ」

本当だと思われた。まともに稽古に励む者を見るのは嫌だろう。

「そもそも銭があったって、てめえからあるなんて言わねえ。たかられたら面倒だからな。もう少し手掛かりがないと、話にならねえですぜ」

地廻りの子分から告げられた源之助はため息を吐いた。そこで永久島へ行って、巨漢を見かけたという者から、その人相を訊いてみた。

「さあ、ちゃんと見たわけじゃないからねえ」

ほとんどが曖昧《あいまい》だった。しかしそれでも言わせて、歳の頃は二十五から三十くらい。体形は植村に似ていて、顔は四角張っている。横に膨らんだ穴の大きな鼻の持ち主だと落ち着いた。

当てにはならないが、他に手掛かりはない。

翌日は、もう一度東両国へ行くことにした。

二

山野辺は、下り酒の一升徳利を手に南町奉行所の定橋掛方《じょうばしがかりかた》与力の古畑清兵衛《ふるはたせいべえ》を訪ねた。

朝方山野辺は、牢屋敷で敲き刑に立ち会った。そのとき、見物人の中に源之助や植村の姿を見たが、他に南町奉行所の塚本の姿も見かけた。塚本のことは前から気になっていた。

捕らえた以蔵を吟味する折に、あえて正紀に不利な証言をした。そのときの衝撃は忘れない。

問い質しをする与力二人を相手に怯《ひる》まない、ふてぶてしさだった。

山野辺と正紀は、幼少の頃から共に神道無念流《しんとうむねん》の戸賀崎《とがざき》道場で剣の腕を磨いた。幼馴染《おさななじみ》であり剣友といってよかった。今では身分も境遇も変わったが、「おれ」「おまえ」の関係は続いていた。

当初宮津屋押し込みの探索は、山野辺の役目だった。しかし調べは難航し、干鰯〆粕や魚油商いに詳しい正紀の力を借りることにした。

宮津屋は、正紀が銚子の松岸屋《まつぎし》から仕入れている〆粕を卸《おろ》している相手でもあった。〆粕は、鰯《いわし》を加工した肥料である。

東雲屋は園田らと結託し、正紀を貶める企みを行った。巨漢の破落戸を使って、正紀があたかも賊の一味であるかのように見える画策をした。以蔵の供述があり、さらに南町奉行所の塚本が、それを裏付けるような発言をした。

正紀を、蟄居謹慎に追い詰めたのである。東雲屋の差し金なのは間違いなかった。

山野辺は塚本の証言の後に、東雲屋との関わりを探ったが何も出てこなかった。そこで同じ南町奉行所の古畑に、塚本について分かることを訊いてみることにしたのである。

古畑は山野辺にとっては又従兄《またいとこ》で、南町奉行所では一番親しい間柄だった。酒好きなのは分かっていたから、極上の下り酒を奮発した。

「これはありがたい」

さっそく徳利に口をつけてごくりとやった。それから話を始めた。

古参の塚本は、奉行所内では一匹狼《いっぴきおおかみ》で、金になりそうな事件に当たりたがるとは耳にしていたという。町の者の弱みを握って脅す。また商家や分限者《ぶげんしゃ》に面倒なことがあると、それを揉み消すのに一役買って重宝がられているとか。

「あやつは、叩けばいくらでも埃《ほこり》が出てくる身だ。しかし捕らえられる前に、相手を潰す。したたかなやつだ」

古畑が苦々しい思いで、塚本を見ていると分かった。山野辺は古畑には、宮津屋及び鹿島屋の押し込みの件だけでなく、正紀の冤罪に関しても調べをしていることを伝えた。

「うむ。押し込みに関する、塚本の証言については聞いたぞ」

古畑は言った。調べの中で耳にしたことを吟味方に伝えるのは定町廻り同心の義務だが、相手が大名家の世子で、確証がない場合は控えるのが普通だ。その斟酌《しんしゃく》がなかったことが、南町奉行所の中で評判になった。

「ずいぶん乱暴なことをしたと、話している者がいるぞ」

「東雲屋あたりから、金子を得ていると見ています」

ただ証拠はない。

「そうかもしれぬが、あやつはああ見えて、物事は念入りにやる」

「だから調べても、何も出てこないわけですね」

「そうだろう。尻尾を出さぬから、同心を続けられている。あれは、剣術の腕も、なかなかだぞ」

「あやつの急所はどこですかね」

「そうだな。あいつは、これを囲っている」

小指を立てた。

「なるほど。銭が欲しいわけですね」

「大っぴらに口にする者はいないが、南町の者は気づいている。話したことが知られると厄介なので、皆黙っているだけだ」

「塚本には妻女も跡取りもありますね」

八丁堀《はっちょうぼり》の組屋敷に住んでいるから、顔は知っていた。

「女は、どこにいるのですか」

「深川熊井《くまい》町の大川に面したしもた屋だと聞いたが」

昨年末からのことだという。

「女の名は」

「そこまでは知らぬ」

また徳利の酒をごくりとやった。美味そうに飲む。そして続けた。

「ただな、押し込みに関する手伝いまでするとは、考えにくいぞ」

「いくら何でも、というわけですね」

「それで捕まったら、元も子もないからな」

となると塚本は、押し込みよりも正紀廃嫡の線で動いているわけか。園田か笠原あたりが、東雲屋を通して動かしたのかもしれない。

翌日山野辺は、町廻りの後で深川熊井町へ足を向けた。大川の河口近くにある町だ。町の自身番《じしんばん》で訊いて、塚本が囲う女の住まいを捜し出した。女は二十一歳の元芸者で、お茂《しげ》というそうな。

敷地は狭いが見晴らしのいい築浅《ちくあさ》の建物で、手入れの行き届いた住まいだった。大川から江戸の海までが見渡せる。

石川島《いしかわ》が間近に見えた。白い海鳥が日差しの中を飛んでいる。

「越してきたのは、十二月の初め頃です」

初老の書役《かきやく》が言っていた。借家だと聞いたが、住まわせるとなれば、金はかかると思われた。

お茂の顔を確かめたかったが、なかなか姿を現さない。そこで書役を使って呼び出すことにした。

「用もないのに、どうやって呼び出しますので」

不満そうな顔をした。

「町のことを、何か話せばよいのだ」

腰の十手に手を触れさせながら、強い口調で言った。

書役は妾宅《しょうたく》へ行き、お茂を呼び出した。山野辺は目を凝《こ》らした。鼻筋の通った美形だ。

顔を見れば、もう用はない。書役はすぐに引き上げた。

金の出どころは、東雲屋かと察せられた。これまでの貯えがあったとしても、それだけでは済まないだろう。

通りかかった、赤子を背負った婆さんに問いかけた。近所に住まう者だとか。

「ええ。着流しのお侍が、よく見えていますよ。あれが旦那じゃないですか」

さすがに、訪ねるときは黒羽織を脱いでいるらしい。

さらに貸家の大家のところにも出向いた。まず費用のことを訊いた。

「あの家に入るにあたっては、初めの家賃を含めて五両余りを頂戴しています」

塚本が払った。しつこく値切られたらしい。

「なるほど」

定町廻り同心とはいえ、それだけの金子を一度に出すのは、なかなかにたいへんだろう。その後で山野辺は、猿江の下妻藩下屋敷へも足を延ばした。

「町方役人のような着流しの侍が、屋敷へ来たことはないねえ」

屋敷前の辻番小屋の老人は言った。

「まあ、会っているとしたら外だろう」

山野辺は呟いた。道の途中にあった酒を飲ませる店でも訊いたが、園田と塚本が打ち合わせをしている気配はなかった。

三

虎御門《とらごもん》内浜松藩六万石井上家上屋敷に、佐名木源三郎は赴いた。日差しはすでに、西空の低いあたりに落ちている。

本家当主の正甫から、至急に参れという呼び出しがあった。

「何事か」

口に出して言ってみたが、呼び出しの内容については、おおよその見当がついた。

正甫の呼び出しだが、浦川の差し金であるのは間違いなかった。分家の江戸家老としては、何を置いても行かなくてはならない。本来ならば正紀も一緒のところだが、それはできない話だった。

広間にいたのは、正甫と浦川、正広と正棠の四人である。部屋には、明かりが灯されていた。

まずは浦川から、正国の容態を問われた。

「再発の虞《おそれ》がないとは申せませぬが、まずは小康状態でござりまする」

「ならば重畳《ちょうじょう》」

高岡藩井上家にとってはもっとも大きな問題で、佐名木も一日も早い快癒《かいゆ》を願っている。しかし聞き終えた正甫に気持ちの動きは窺えなかった。形式ばかりの言葉のようだった。

佐名木を呼んだのは、正国の病状を訊くためでないのは明らかだ。

「ご公儀は、隠居の届《とどけ》を受理したそうじゃな」

「はっ」

正棠の言葉に対して、佐名木は「そらきた」と思いながら頭を下げた。すでに分家にも、報告を済ませている。

ここで改めて口にするのは、わざとらしい。

「正紀様のご相続の段取りは、ついておりまする」

当然のことだという口調にして返した。

「しかし、謹慎中の身ではござらぬか」

浦川が返した。正甫と正棠が、大きく頷いた。

「謹慎は、一月《ひとつき》ほどでよろしかろうと存じまする。正紀様が悪事をなしたなどは、悪党と調べの足りぬ町方同心の戯言《たわごと》でござる」

何の証拠もないと付け足した。

「しかしな。噂《うわさ》とはいえ、そのような話が出ることさえあってはならぬのではござらぬか」

「さよう。不審な点が、まったくなかったわけではないと聞くぞ」

浦川の言葉に正棠は続けた。

「取るに足らぬ噂でござる。そのようなものに、惑わされてはなりますまい」

「惑わされるだと」

正棠は、佐名木の言い方に腹を立てたらしかった。これから押そうとしていたことだろう。

「火のないところに煙は立たぬと申すぞ」

語調が厳しくなった。

「さようでございましょうか。それがしには、正紀殿が町方の悪事に加担するなどはないと存じまするが」

それまで黙っていた正広が、初めて口を出した。とはいえ、穏やかな口調だった。

正棠が、正広に一瞬憎しみの目を向けた。正広はそれに気づいたようだが、気持ちを揺らさない。これまでにも正棠による正広廃嫡の企みがあった。それを乗り越えての今日がある。

ここで佐名木は、正棠の言葉がなかったかのように違うことを口にした。

「正紀様の謹慎については、一月で充分だという声は、諸侯の中にも少なからずございまする」

「ほう。どなたか」

「尾張様など」

佐名木は胸を張った。御三家筆頭の名を、あえて出した。宗睦は、正紀廃嫡については当初から反対している。しかしこれは井上一門の話であるので、正甫の意見の方が重くなる。

ただ無視はできないはずだった。

「ふん。また尾張か」

浦川が口にした。とはいえ、佐名木に言うというよりも、呟くといった印象だった。

正甫と浦川、正棠は尾張を前に出されるのを嫌う。頭を押さえつけられていると感じるからだろう。

「いや、そうとばかりは言えまい。ご老中の中には、噂が出たことを憂《うれ》えている方もおいでになる。すでに上様のお耳にも届いていることだ」

正棠が言った。老中とは、三河西尾藩六万石の大給松平家当主の乗完だと分かっていた。高岡藩へ乗完の弟乗厚を送り込もうとしているのは、佐名木も正紀も承知をしている。

将軍に伝えたのも乗完だろう。ただ将軍がそれについて、どのような返答をしたかは伝えられていない。

「ともあれ、ここは慎重にならねばなるまい。もし当主が決まった後で何かがあった場合には、取り返しのつかないことになる」

正甫が口にした。浦川に言わされたものと、佐名木は察した。十四歳の知恵ではない。

「まことに。そうなれば、高岡藩だけの問題ではなくなりまする」

重々しい口調で浦川が続けた。

「しばらくは、様子を見ねばなるまい。我らは、正紀殿を退けようとしているのではござらぬ。慎重を期すべきだと申している」

正棠が、もっともらしい顔で言った。

「狸《たぬき》め」

とは思うが、口には出さない。浦川や正棠らは、正紀の藩主就任を先延ばしにして、廃嫡の気運を高めようとしていた。

佐名木を呼び出して話題にした。それだけでも、向こうにしてみれば具体的な一歩になる。これからじりじりと廃嫡の動きを進めてくるはずだった。

「いろいろなご意見お考えがあろうと存ずるが、世子はあくまでも正紀様でございまする」

「…………」

「それをどうするか決めるのは、我が殿正国様でござる。正国様は、皆様方のお言葉を重々踏まえた上でお決めになると存じまする」

重々踏まえた上で、否決とする。ただ今の状況では、それで押し切れるかどうかは分からない。

結論は出なかったが、佐名木にしてみると、面白くない展開だった。会合の後、佐名木は正広と別室で話をした。

「あの方々、何か企んでいるようでございますな」

「うむ。高岡の国許《くにもと》にも、働きかけをいたしたようだ」

高岡藩先代藩主正森《まさもり》を、正棠は見舞いと称して国許に訪ねた。隠居の正森は国許で病気養生をしていることになっていた。

けれどもそれは表向きのことで、正森は江戸と銚子を行き来して、〆粕と魚油の製造販売に当たっていた。正紀が〆粕の卸《おろし》をできるようになったのは、正森の意向があったからに他ならない。

正森は八十二歳でありながら、ぴんぴんしている。江戸と銚子に、歳の離れた若い女房を持ち、行き来していた。正棠が国許へ戻る途中に高岡へ寄ると知らされたときは慌てた。

どこにいるか分からない正森を、高岡に呼び戻さなくてはならなかった。

正森は婿ではなく、井上家の血筋だった。反尾張の人物だから、正棠は正森を仲間に引き入れようとの魂胆があっての高岡訪問だとは、佐名木も察していた。

正棠は企みを持って正森を訪問したが、思惑通りにはいかなかった。正森は明確な返事をしなかった。

正森は反尾張だが、反正紀ではない。

国許にいなければならない正森だったが、旧知の他藩の者に銚子で顔を見られそうになったことがある。その危機を、正紀は救った。正紀の高岡藩に対するこれまでの功績も、口にはしなかったが、認めている気配があった。

頑固者ではあったが、正森は正紀の藩主就任を認めていた。

「他にも何かをしてくるであろう。注意が肝要でござる」

「はは」

「当家に動きがあったら、伝えよう」

「かたじけなく」

佐名木は頭を下げた。上屋敷へ戻ると、正紀宛てに浜松藩邸でのやり取りについて記した文をしたためた。

四

植村を伴った源之助は、朝のうち下谷広小路《したやひろこうじ》の高岡藩上屋敷に出向いた。昨日佐名木から来た文の返書を届けるとともに、下屋敷の者が昨日までに調べた内容を、伝えたのである。

そして源之助と植村は、佐名木から、浜松藩上屋敷での詳細を聞いた。心中は穏やかではなかった。老中松平乗完が動いているというのが気に入らない。不安でもあった。

「おのれ、浦川や正棠め」

胸の内で、源之助は二人を罵《ののし》った。正紀が高岡藩主を継ぐことについて、本家や分家から慎重の声が公式に出たことは大きい。佐名木は受け入れなかったが、この先はどうなるか分からない。

容易《たやす》くあきらめる相手ではなかった。

源之助は動揺していた。こうなるとは予想していたが、それが進んで行くことに怒りと不安があった。

「ふざけた話です」

植村も腹を立てていた。引き上げようとしたところで、京から、庭の泉水脇にある東屋《あずまや》へ来るようにと声がかかった。藩のこと正紀のことが気にかかっての呼び出しだと分かった。

泉水では、鯉が泳いでいる。時折ばしゃりと水音を立てた。

待つほどもなく、京が現れた。前に拝謁《はいえつ》したときよりも、顔色がよくないと感じた。正国の病があり、正紀廃嫡の声が上がっている。心中は、穏やかではないだろう。

かいつまんで、分かっていることを話した。

「一日も早く、正紀さまは賊とは関わりがなかったことを明らかにしてほしい」

直《じか》に言葉を頂戴したのは、今日が初めてだった。

「ははっ」

京の案じる様子が伝わってきた。源之助も植村も、体を硬くした。また頼りにされていると感じて、ありがたかった。

全身が熱くなった。

「ただ、どこへ聞き込みに行けばよいのでしょうか」

気持ちに迷いがあって、つい京の前で漏らしてしまった。源之助や植村には、見当がつかない。昨日は東両国や本所松坂町などを廻って、相撲取り崩れに尋ねたが、手掛かりは得られなかった。

「破落戸ではなく、相撲の親方に尋ねてはどうか」

と告げられて、源之助は納得した。相撲部屋の親方からならば、廃業した者について何か聞けるかもしれない。

いったん下屋敷に戻った源之助と植村は、京とした会話について正紀に伝えた。

「なるほど、親方に尋ねる方が早いかもしれぬな」

とはいえ源之助は、相撲部屋の親方など知らない。そこで正紀から指図を受けた。

植村と共に、源之助は昨日に引き続いて東両国へやって来た。

正紀から教えられたのは、尾張藩が贔屓《ひいき》にする看板大関龍ケ谷桐之助《おおぜきたつやきりのすけ》がいる部屋だった。南本所の妙源寺《みょうげんじ》で稽古をしていた。

境内《けいだい》に足を踏み入れると、大勢の巨漢が稽古をしていた。取り組みをする者、四股《しこ》を踏む者、すり足の稽古をしている者がいる。絶え間なく、小さな地響きがあった。

尾張一門の高岡藩の者で、親方から話を聞きたいと小坊主に言伝《ことづて》を頼んだ。すると待つほどもなく、武骨な面構えの親方が姿を現した。

「尾張様には、お世話になっております。お役に立てることなら」

親方は丁寧な口ぶりで言った。源之助は男の年頃と外見を伝え、その者が宮津屋襲撃に絡んでいると話した。心当たりがあるならば教えてほしいと頭を下げた。他の部屋の者かもしれないとも言い添えた。

「そうですね。うちの者ではありませんが、思い当たる者が二人おります」

しばし考えるふうを見せてから、親方は言った。一人は十両まで行ったが、博奕に嵌《は》まって身を持ち崩した磯七《いそしち》で、もう一人は十両にはなれなかったが近いところまで行った定吉《さだきち》という者だった。

定吉は早い出世で、贔屓筋から将来を嘱望《しょくぼう》されたものの、しかしちやほやされて、天狗《てんぐ》になった。稽古を怠《なま》け、十両を目前にして勝てなくなった。

「どちらも素質はありましたが、辛抱が利きませんでしたね」

親方は言った。相撲の世界も厳しいようだ。二人がどこにいるか、親方は知らないとか。そこで稽古場の近くまで連れて行ってくれた。

汗にまみれ、泥だらけになって、力士たちは稽古をしている。荒い息遣いが耳に入ってきた。

親方は、力士たちを集めて磯七と定吉の行方を知らないかと訊いてくれた。

「磯七は、湯島《ゆしま》で用心棒をしていると聞きました」

どこの用心棒かは分からない。噂を耳にしただけだとか。定吉を知る者はいなかった。どちらも歳や顔、体つきは、聞き込んだものと似ている。

源之助と植村は、湯島へ向かった。

磯七を捜すが、一口に湯島といっても広い。ともあれ聖堂のある湯島一丁目から聞き込みを始めた。名は磯七で、相撲取り崩れの巨漢とだけ尋ねていった。

「そういえば、そんな名の地廻りの子分がいたっけ」

二十人ほど声をかけたところで、用心棒ではなく、やくざ者か遊び人といった感じで覚えている者がいた。源之助と植村は湯島四丁目に来ていた。

町の地廻りふうに声をかけた。侍二人で一人は巨漢だからか、初めから下手《したて》に出た受け答えだった。

「磯七なんて、このあたりにはもういませんぜ」

一年近く前に、姿を消したとか。

「怪しいですね」

植村が顔をほころばせた。それこそ、永久島に現れた巨漢の破落戸かと思われた。磯七を知っていそうな者を挙げてもらった。

町の地廻りの子分二名と、煮売り酒屋の女中だった。子分は磯七の行方を知らなかったが、女中は本郷《ほんごう》の湯屋で釜焚《かまた》きをしているらしいと言った。

湯屋は一つの町に一軒くらいしかない。聞き込んでいって、ようやく磯七に辿り着いた。本郷菊坂《きくざか》町の湯屋だった。

湯屋の番台にいた番頭に問いかけた。

「磯七さんなら、半年くらい前からうちで釜焚きをしてもらっていますよ。力持ちだから助かります」

今日も釜の前で、薪《まき》をくべているとか。

十両まで行った相撲をしくじって自棄《やけ》になり、一時《いっとき》は地廻りの用心棒にまでなったが、今は堅気として過ごしているそうだ。客同士の諍《いさか》いがあったり乱暴者が現れたりしたときにはいち早く駆けつけた。

「昨年末から年明けにかけて、毎日釜を焚いていましたよ」

釜にくべる材木集めに出ることはあるが、それは一刻から一刻半（三時間）くらいのものだそうな。

「目当ての者ではないですね」

植村が、肩を落とした。湯屋の裏手へ回って、磯七にも会った。

体の大きさはほぼ植村と同じくらいだ。予想していた面差しとも似ていた。下帯に半纏《はんてん》だけの姿で、筋肉質な体が窺えた。

「宮津屋や鹿島屋なんて、知りませんぜ」

磯七は、植村に目を向けながら言った。永久島など、行ったこともないそうな。そして尋ねてきた。

「こちらのお武家様は、元は相撲をなされたので」

植村のことが気になったらしい。各藩の贔屓力士が十両以上になると、召し抱えられることもあった。それが頭にあったらしい。

「そうではない。もともと藩士だ」

植村は答えた。そして続けた。

「同じく相撲をしくじった、定吉を知っているか」

「えっ」

という顔をした磯七は、定吉を知っているらしかった。

「知っちゃあいましたけどね、今どこいるかまでは分かりませんねえ」

と返してきた。

「果たしてそうか」

源之助は、磯七の表情からしてある程度は見当がつくのではないかと感じた。

「知っているのではないか」

と改めて問うと、磯七は思いがけないことを口にした。

「こちらの旦那は、相撲をなさるのでしょうか」

植村に問いかけた。

「ないと申したであろう。ただ取ってみたい気はあるぞ」

植村は答えた。磯七の体に目をやっている。素人《しろうと》相撲では、植村は敵なしだったと正紀から聞いていた。

「ならばどうですかい。あっしと、取ってみませんかい。これでも、元十両ですぜ」

磯七は、煽《あお》るような言い方をした。

「うむ」

植村は一瞬、迷う気配を見せた。

「もしあっしが負けたら、定吉のことを何か思い出すかもしれねえ」

植村に、異存はなさそうだった。取ってみたいらしい。元十両と相撲を取れる機会は、めったにない。

「やってみよう」

植村が応じると、磯七は地べたに棒で土俵を描いた。多少いびつな円になったが、どちらも気にしていないようだった。

「行司は、旦那がやってくだせえ」

団扇《うちわ》を源之助に差し出した。磯七は半纏を脱ぎ、植村はもろ肌脱ぎになった。磯七に劣らない体をしている。

土俵の端と端に分かれ、それぞれ四股を踏んだ。高く上げた足を落とすと、地べたが揺れた。

植村と磯七は、蹲踞《そんきょ》の姿勢を取った。

「はっけよい」

二人が地べたに手をついたところで、源之助が軍配代わりの団扇を上げた。巨漢同士が、音を立ててぶつかった。どしんと、衝撃が伝わってきた。直後磯七が顔に張り手を飛ばしたが、植村は怯まなかった。突っ張りで返した。どちらも気迫に溢れている。

そしてがっぷり四つに組んだ。互いに回しならぬ腰の帯を摑んだ。磯七が押す。植村はわずかに押されたが、腰を入れた。顔を赤くして踏ん張った。

磯七が投げを打とうとしたが、植村の体は揺らがない。そして逆に、足を掛けようとした。今度は磯七が、腰を引いて凌いだ。

どちらも譲らない。行司役の源之助は固唾を呑んだ。

腰を引いていた磯七が、じりりと足を前に踏み出した。踏ん張ろうとする植村だが、堪《こら》えられない。押されて下がった。

土俵の際まで来たがぎりぎりで堪えた。そして渾身の力を込めた様子で相手の体を押しながら、足を掛けた。

「おおっ」

磯七の体がぐらついた。もう一押しだと思ったが、植村はそれで力尽きたらしかった。

凌いだ磯七は体勢を立て直し、がぶり寄った。腰が入っている。植村の上体が、厚い胸で押し上げられた。植村はもがいたが、体勢が悪すぎて、どうにもならなかった。

磯七の動きが止まらない。

足を掛けると、植村の巨体が地べたに転んだ。

「磯七の勝ち」

源之助が、軍配代わりの団扇を磯七の側に上げた。

「無念だが、仕方がない」

荒い息をしながら、立ち上がった植村は言った。悔しそうではあったが、全力を尽くした満足感らしいものもあった。

「いやあ、やっとでした」

勝ったとはいえ、磯七も息を切らしていた。植村は負けたが、元十両を相手に、善戦したといってよかった。

「ちゃんとした稽古もしていねえのに、ここまでやれたのは見事でございます」

感心した様子で磯七は言った。態度が前と微妙に変わった。

「定吉について、知っていることを話しやしょう」

磯七は言った。定吉の歳や外見は、こちらが捜す者と重なった。

「部屋を出された後、ぐれた定吉は一時四谷伝馬町《よつやてんま》あたりで破落戸の仲間になっていやした」

辛抱が足らず力士としては成功しなかったが、膂力《りょりょく》があり技もあった。だから用心棒としては使えた。

「昨年末、ここへ訪ねてきました。そんときは、羽振りがよかった」

相撲部屋は別々だったが、一門が一緒で稽古をした仲だった。

「銭になる仕事が、あったのだな」

「そんな話でした」

酒を飲ませてもらった。ただ先日聞いていた長屋を訪ねたが、いなくなっていた。

それからのことは分からない。

源之助と植村は、四谷伝馬町へ足を向ける。

「そういえば、定吉ってえやつがいましたねえ。体のでかいやつ」

「いたか」

源之助と植村はほっとした。荷運び人足を仲間にして、用心棒のようなことをしていた。その仲間を捜して話を聞いた。

「あいつ、うまい仕事にありついたとか」

「どのような」

「一日歩くと銀三十匁だと威張《いば》っていやがった」

およそ一両の半分だ。うまい仕事には違いない。

「それで今、このあたりにいるのか」

「いや。年が明けて数日してからは、顔を見ませんね」

「いつからか、ちゃんと思い出せ」

巨漢の植村が凄んだ。そして正確に思い出させた。以蔵と寅蔵が、鹿島屋を襲ったあたりから見かけていないという。

「商家の番頭か、侍が近づいた気配はないか」

「そういえば、大店《おおだな》の番頭らしいのと歩いているのを見たっけ」

決めつけることはできないが、植村に似させた巨漢は、定吉ではないかという線が出てきた。どこへ行ったか、尋ねた範囲で分かる者はいなかった。

五

正紀は早朝目を覚ますと、半刻（一時間）から一刻、木刀を握って素振りや型稽古を行う。これは上屋敷にいたときから続けていた。下屋敷に移ってからは源之助も加わり、念入りにやるようになった。

「やっ」

体を動かし、声を上げると気分もいくらかすっきりする。屋敷の外へ出ないのは、なかなか苦しいものだった。

見張りはいないが、見つかれば面倒なので今のところ外出はしていなかった。

暦は、この日から二月になった。昨日、佐名木が井上本家に呼ばれて話した内容、また源之助や植村が巨漢の破落戸が何者か聞き込んできた話は聞いた。

「巨漢は、定吉なる者に違いありませぬ」

断定はできないが、二人の話を聞く限りは当てはまりそうだった。これで真相に一歩近づいた気がするが、解決にはまだまだほど遠い。源之助と植村は、今日も定吉の行方を捜すことになっていた。

高岡藩の代替わりにあたって、井上一門が動き出している。一日も早く、逃がした盗賊の残りの一人寅蔵や定吉なる巨漢を捜し出して、上屋敷へ戻らなくてはならなかった。

長引けば、その分だけ廃嫡の動きが進みそうで、口には出さないが焦りの気持ちがあった。何かしたいという気持ちは、日ごとに大きくなった。

昼下がりの頃になって、井尻が下屋敷へ顔を出した。藩の支出に関して、決済を求めてきた。決まっていることだが、正紀の署名が必要だった。

「まずは殿におかれましては、容態に変わりなくお過ごしでございます」

向かい合って最初に口にしたのは、これだった。常と変わらない言葉だが、まずは安堵《あんど》する。融通の利かない堅苦しい者だが、今日は話しぶりがいつもより緊張をしているように感じた。

用件が済んだところで、いつもならば少しばかり雑談をするが、今日は思いがけないことを口にした。

「代替わりについてでございますが、お祝いは、どのようにいたしましょう」

「祝いだと」

少なからず魂消《たまげ》た。日頃吝《しわ》い井尻の口から、費《つい》えのかかる話が出るなどめったにない。どこかから出れば、止めさせようとする者だった。参勤交代の費えでさえ、削りに削った。

「祝いなどいらぬ。そのような貯えは、ないはずだ」

前にもこの話はした。

「さようではございますが、ご本家やご分家からは、そういう声が聞こえてきまする」

浜松藩と下妻藩を話題にするのも珍しい。何を言われようと、財政を第一に考える者だった。だからこそ勘定については、信頼ができた。

「費えをどう捻出する」

「正紀様の門出でございまする。貸すところもあろうかと」

「馬鹿な」

借りた金は、利息をつけて返さなくてはならない。

「本家の申しようなど、放っておけばよい」

浜松本家での元日の祝いの折に、浦川や正棠から、そういう話が出た。高岡藩の財政はどうにか軌道に乗ったが、ゆとりがあるわけではない。一時は参勤交代の費えにも事欠いた。

いまだに藩士からは、禄米から二割の借り上げを行っている。

正紀が進めた高岡河岸《かし》の活性化と、大奥御年寄滝川《おとしよりたきがわ》の芝《しば》にある拝領町屋敷の管理、そして銚子からの〆粕の売買によって、どうにか新たな借金をしないで済むようになった。これまでの借り金の返済が、ようやくできるようになった。

このあたりの事情は、井尻が誰よりも分かっているはずだった。

派手なことをしようとすれば、正紀は金子を欲しがっているという話に繋がる。浦川や正棠には、そういう含みがあってしてきた。

「一切考えてはならぬ。それらしい動きもしてはならぬ」

厳しく命じた。

「ははっ」

井尻は引き上げて行った。

そして夕方になって、佐名木が訪ねて来た。

「何の用か」

大事でなければ、文で済ませる。正紀は源之助や植村を伴って、佐名木の話を聞くことにした。

「国許の河島一郎太《かわしまいちろうた》より、文がございました」

佐名木に宛てた私的な文だ。河島は国許の高岡で、中老の役に就いている。国家老の児島丙左衛門《こじまへいざえもん》は、事なかれ主義で覇気《はき》のない人物だ。正紀の指図も、形ばかりやって面倒なことは避けるところがあった。藩内であった一揆の折には、それが災いして、事を大きくした。

河島はそのいたらないところを、中老として補完していた。それで正紀の指図が、行き届くことになった。藩士からの人望もあった。

正紀らは、河島からの文を回し読みした。

「ほう。正棠様は、正森様だけでなく児島や他の者にも会ったわけか」

児島以外の三人の名が記されていた。国許では上士といわれる者たちだ。

「この三人は、正紀様が婿入りをなさる折に、反対をしたり首を傾げたりした者でござる」

佐名木が付け足した。

「そうか」

婿入りをする前のことは知らない。誰が賛同し誰が反対したかは、婿入りの折に、訊きもしなかった。前のことは前のこととして、共に高岡藩の窮状を乗り越えていけばいいと正紀は考えている。

そして今に至るまで、正紀の財政施策に、異を唱える者は現れなかった。

「正棠様が高岡へ立ち寄ったのは、正紀様廃嫡の根回しをするためでございまする」

立腹の口調で、源之助が言った。訪ねられた正森は、正棠の申し出の内容を、後になって正紀に話した。それは源之助や植村らにも伝えていた。

「国家老は、どのような返答をしたのでしょうか」

「それは、分からぬ。ただ尾張から離れたいという気持ちが根にあれば、本気で耳を傾けたであろう」

植村の問いかけに、佐名木は言葉を濁さず答えた。ここだけの話だ。植村も口は堅かった。

「児島は、おれの婿入りには、反対しなかったと聞いたが」

これは耳にしていた。当時の国家老園田頼母《たのも》は、反対派だった。

「はい。それは間違いないところでございますが」

ゆえに児島は、園田頼母の企みには乗らなかった。

「ただ正棠様とやり取りをし始めてからは、様子が変わったわけだな」

河島の文では、正紀廃嫡もやむなしという発言をしたとのことだった。

「目の前に、何か餌を垂らされたか」

驚きはしないが、厄介ではある。

「国家老の言葉は重うございます。ましてや正紀様蟄居謹慎の話は、国許では驚きと共に耳にしたと存じまする」

同じ事柄でも、国許では江戸とは、異なった意味合いで伝わることがある。児島の話し方次第では、藩士たちの受け取り方が変わる。河島が正したとしても、混乱はするだろう。

佐名木が急ぎ知らせてきたのは、それを捨て置けないと感じたからに他ならない。

「児島殿には、それがしから次の当主は正紀様以外にはないという旨を記した文を、今日、送りましてございます」

佐名木は続けた。正国の意思としてである。

事なかれ主義の児島について、正紀は藩主となった折には国家老から降ろしたいと考えている。これは、佐名木にしか話していなかった。次の国家老は河島とするつもりだった。

それに気づいて、児島は正棠の話に乗ったのかもしれない。ただそうなると、高岡藩の土台が崩れてゆく。

六

小伝馬町の牢屋敷にいる以蔵の裁きはまだ終わっていない。獄門となるのは間違いがないが、まだ宮津屋と鹿島屋の押し込みについては、賊の一人である寅蔵が逃走中であり、事件の全貌が明らかになっていなかった。

また以蔵や塚本の、正紀に関する不穏《ふおん》な発言にも、疑問が残っている。

「死なせるのはまだ早い」

というのが北町奉行所の考えだった。その判断には、山野辺の意見が大きく影響していた。

源之助と植村は、佐名木が下屋敷を訪れた翌日、定吉の行方を捜すために屋敷を出ていった。空には厚い雲がかかっていて、今にも雨が降り出しそうだ。

風も冷たくて、冬に戻ったような天気だった。とはいえ二人は、気迫に満ちていた。

「明らかにしなければならない大事なことが、まだあるぞ」

正紀にしても、じっとしてはいられない気持ちは日に日に大きくなってゆく。正棠は、国許の家臣にまで手を回している。

そこで今、江戸でできることを考えた。

十三年前に、以蔵は北新堀町の干鰯〆粕魚油問屋房川屋の主人を殺害し、五十両を奪って逃げた。その折、身重だったお由《よし》という女も連れて、舫《もや》ってあった舟に乗り込んだのである。

隣家の主人だった東雲屋伝五郎は、房川屋の変事に気づいて外に出たが、二人を乗せた舟は、船着場を離れた後だったとの証言があった。それで以蔵とお由が、一緒にいたと判断された。

お由の行方も、それきり知れない。捕り方は捜したが、江戸で関わった者とは、繋がりを断っていた。

「とはいえ、どこかで生きているのは間違いない」

だからこそ、以蔵は獄門が明らかであっても、正紀に罪を被せるような発言をした。残したお由が、気がかりだからだ。

「そのお由の行方を、それがしが捜しまする」

青山が言ったが、手掛かりはない。だからといって、そのままにするつもりはなかった。

「ならば、おれも行こう」

「しかし正紀様は」

青山は慌てた。屋敷の外へ出ては、蟄居謹慎にはならない。

「なに。深編笠を被り、裏門から出れば誰にも気づかれまい」

正紀にしてみれば、痺《しび》れが切れたところだ。

「ですが、どう捜しまするか」

青山は顔を曇らせた。お由は日本橋松島《まつしま》町の裏長屋で暮らしていた。その折のことは、十三年前に念入りに調べたはずだった。探索に当たった定町廻り同心紺野倉次郎《こんのくらじろう》から、詳細を聞いている。

「お由がいた日本橋松島町の裏長屋から聞き込みをしてみよう」

十三年前のことでも、何も調べられないとは限らない。近所の住人で、何かを思い出す者がいるかもしれなかった。

まずは松島町の裏長屋へ行った。日本橋川の北側で、武家地に囲まれた静かな町だ。

北新堀町の房川屋から以蔵が通うには、適当な距離だと思われた。雨が降りそうだが、なかなか落ちてこない。幸いだった。

古い長屋は、まだ残っていた。ところどころ修繕がされている。青山だけが深編笠を取って、井戸端にいた女房たちに問いかけた。

「十三年前じゃあ、ここにはいませんよ」

と笑われた。入れ替わりは激しいらしい。しかし一人だけ、十数年ここで暮らしている婆さんがいた。

「ああ、覚えていますよ。お由さんは、しっかりした人だった」

「身重だったのだな」

「そうそう。お腹が大きくなっても、働いていたっけ」

「働いていた先は、どこか」

「さあ。あの人、自分のことは何も言わない人だったから」

この問いかけは、十三年前にもされたはずだ。忘れてしまったのかもしれない。

「しかしまったく何も話さなかったわけではなかろう」

「江戸の人じゃあないらしかったけど」

「生まれは、銚子ではないか」

青山は、思いつきを口にしている。

「そんな話は聞かなかったけど」

首を傾げた。ただお店者《たなもの》の亭主はよく訪ねて来たと、それは覚えていた。

「そのときは、嬉しそうでしたよ」

「どこで知り合ったかなどの話はしなかったのか」

「したかもしれないけど、覚えていませんね」

亭主がどこで働いていたかは、事件後に定町廻り同心が訪ねて来て知った。ここにいたのは、半年余りだそうな。

他に、お由を知る者はいなかった。

「大家に話を聞けるか」

「その頃の大家は、もう亡くなっちまいましたよ」

と返された。失望は大きかったが、仕方がない。他にも、いくつか問いかけたが当時の姿は浮かばない。

引き上げようとしたところで、婆さんが言った。

「そういえば、お由さんを訪ねて来た人がいたっけ。いなくなって、少し経ってからだけど」

中年の商家のおかみふうだそうな。おかみふうは、房川屋の事件のことは知っていたが、お由が以蔵と共に逃げていたことまでは知らなかったという。

「話したら、驚いていましたよ」

「どういう関わりの者か」

青山は、逸《はや》る気持ちを抑える様子で問いかけた。正紀も固唾を呑んで答えを待った。

かつての調べでは、出ていなかったことだ。

「前の、奉公先の人じゃあないですかねえ」

はっきりは分からない。ただ身なりは悪くなかった。

「住まいとか、商っている品とか、分かることはないか」

「さあねえ」

首を捻《ひね》った。それでも真顔になって考える様子を見せた。

「そういえば、根津権現《ねづごんげん》の話をしていたような」

「なぜ分かる」

十三年近く前の話だ。覚えている方がおかしい。

「訪ねて来た人がね、御札を持って来たんですよ。でももうお由さんはいなかった。それで土産《みやげ》に持って来た御札と饅頭《まんじゅう》を、あたしにくれたんです」

「それが根津権現の御札だったのだな」

「そうです。しばらく神棚に上げていたので、確かです」

青山は、正紀に顔を向けた。根津権現の御札があるからといって、その近くに住んでいるとは限らない。しかし唯一の手掛かりだった。

「ともあれ参ろう」

正紀と青山は、根津権現の門前町へ向かった。根津権現は、六代将軍家宣《いえのぶ》の産土神《うぶすながみ》である。上野《うえの》の不忍池《しのばずのいけ》の北西にあり、多くの信者を集めた。

門前町には、暮らしの品を売る店だけでなく土産物を商ったり飲食をさせたりする店が並んでいた。一軒ずつ商家を当たり、お由という女を知らないかと尋ねた。

当時は、二十歳《はたち》だったはずだ。暗くなるまで訊いて廻ったが、お由を知る者は見つからなかった。

翌日も正紀と青山は、根津権現の門前町界隈へ足を向けた。源之助や植村にも聞き込みの手伝いをさせた。

この地にお由の知人がいたのは、十三年以上も前の話だ。

正紀と青山は、根津宮永町《みやながちょう》にある魚油屋で問いかけをした。出てきたのは若い手代だったので、主人かおかみを呼んでもらった。

「ええ。十数年前に、お由という娘が奉公をしていました。働き者でしたよ」

「そうか、いたか」

初老のおかみの言葉を耳にして、青山は念のためにさらに尋ねた。

「辞めた後、日本橋松島町の長屋へ根津権現の御札を持って訪ねたことはないか」

「そういえば、行きましたね」

おかみは思い出したらしかった。これで間違いない。この魚油屋に奉公していたことが明らかになった。

「あの子は、よく働きましたよ」

この魚油屋は当時、房川屋から仕入れをしていた。相手をしたのが、当時手代だった以蔵である。

それでお由と以蔵は知り合った。

「あの娘は、取手《とりで》宿近くの村の出でしてね、相手は銚子の生まれで、同じ利根《とね》川の水で産湯《うぶゆ》を使った。そんなんで、親しくなったって聞きましたけどね」

おかみは、懐かしむ様子で言ったが、すぐに顔を曇らせた。

「でもねえ、以蔵さんがとんでもないことをしでかしてしまって。しかもあの娘まで一緒に逃げていたというのは、後で知って驚いたのなんの」

その後一切やり取りはない。お由にしても、文など出せなかっただろう。

お由が取手宿付近の出だというのは分かった。ただ取手宿へ逃げたかどうかは分からない。

取手宿は繁華な町だ。水戸《みと》街道千住《せんじゅ》宿から五つ目の宿場となる。利根川の北河岸に、川に沿って開けた宿場だった。取手宿は、利根川の取手河岸とも隣接していた。この河岸場《かしば》は利根川水運の拠点地であり、鬼怒《きぬ》川や小貝《こかい》川などへ運ばれる物資の集散地でもあった。

多数の旅人が通り、荷運びをする人足が集まった。近隣の者たちが、買い物や娯楽にやって来る町でもあった。

「親は、どういう商いをしていたのか」

「あの辺の河岸場の、倉庫番だったと聞いた覚えがありますがね。どこの倉庫かは、分かりません」

お由が取手宿近くの村の出だと分かったのは大きかった。おかみに礼を言って店を後にする。

「そこに行ったかもしれませんね」

誰でも生まれ在所は懐かしい。

「うむ。ありうる話だな」

青山の言葉に、正紀は頷いた。

手掛かりの糸が、ようやく現れてきた。

第二章　取手

一

国許の高岡からは、急の場合を除いて月に一度、家老児島や中老河島から、陣屋や領民、近隣の様子を知らせる書状や藩主の了解を求める公式文書が、藩主のもとへ届いた。藩主はそれに目を通し、裁可を下した。

正国はここのところ小康状態だが、すでに藩政には関わらない。文を読むのは佐名木で、必要なものは正紀が目を通した。

下屋敷へ移ってからは、上屋敷から文書が回されてきた。

国許からの書状は藩士が運ぶが、その折には、江戸の勤番侍のもとに親族や友人から一緒に文が運ばれることがあった。

「拙者への文はないか」

運んできた藩士に、問いかける者がいつもいた。　勤番侍は国許からの便りを楽しみにしている。江戸から私信を、国許へも運んだ。

正紀への私信は、上屋敷で受け取ってから、下屋敷に運ばれた。

下屋敷に移ってから、正紀は京や孝姫とは一度も顔を合わせていない。

「孝姫は、おれの顔を忘れてしまうのではないか」

と案じられた。ただ京からは、文が運ばれた。勤番者が国許からの文を待つ気持ちが分かった。

京は正国の容態と孝姫の暮らしぶり、藩邸内の様子を簡潔な文章で伝えてくる。自分のことは何も書いてないが、最後に正紀の体を案ずる一行が添えられていた。

正紀も、自分の暮らしぶりと事件にまつわる調べの結果を記した文を京に書いた。正国、和《かず》だけでなく、京や孝姫の健勝《けんしょう》を願う一行を添える。ただそれは、少し照れくさい。

今日の文には、昨日以蔵の女房お由が取手宿近くの村の出であることが分かったと記した。

正午近くになって、上屋敷に出向いた青山が、必要な書状を持って戻ってきた。その中には、河島から正紀に宛てられた書状があった。

「どれどれ」

青山が見ている前で、正紀は封を切った。それによると児島は、相変わらず別の者を藩主に推す発言をしているとのことだった。

「ついに代わりとして、松平乗厚殿の名を挙げたそうな」

これまでは、具体的な名は挙げていなかった。河島に、直に言ったのは初めてだ。児島は、浦川や正棠との文のやり取りもしている模様だった。

「ふざけた話でございますな」

青山は一揆の不始末のときから、児島を役に立たぬ者と見ていた。

児島は推挙の理由を、井上家本家が大給松平家との間に姻戚関係があることを述べたとか。先代の話である。

「さらに児島は、河島の目の前にも餌をぶら下げたようだ」

「どのようなことでございますか」

「新藩主に乗厚殿が就いたら、江戸家老に推挙するとにおわせたとか」

河島家は高岡藩内では名家で、家老にもなれる家格だ。

「おのれっ」

青山は明らかな怒りの顔になった。

「佐名木様をも、退けようという腹でございますな」

と続けた。

「浦川や正棠様には、おれと佐名木が邪魔なのであろう」

「当家を牛耳ろうという話でございますな」

苦々しい顔で青山は唸《うな》った。

「そうはさせぬがな」

正紀は応じた。乗厚がどのような器の者かは分からないが、舵取りを間違えると、高岡藩は二年前までのような窮乏した財政に戻ってしまう。

正紀がここまでしたことが、水の泡となる。耐えがたい話だ。

そして青山にも、児島から私信が来ていた。

「こういうことは、これまで一度もありませぬ」

そう言いながら封を切った。

「ううむ。なんと」

青山の顔が赤くなった。さらに強い怒りの様子だ。

「それがしにも、高岡藩のために、本家の方針を受け入れよとあります」

勧めるのではなく、指図をする文面だ。ただすがに、正紀廃嫡の文字はなかった。けれども本家の方針となれば、乗厚を入れるという話も、無視できなくなる。正紀もその文を読んだ。

「うまくいったら、加増か」

河島と同様に、ちゃんと餌もぶら下げていた。

「他の者にも、児島様から文が来ていると存じます」

「なるほど」

藩内で正紀廃嫡の動きを起こそうという企みが、はっきりと姿を現してきた。

「井尻あたりにも、来ているのであろうな」

今回かどうかは分からない。ただ先日訪ねて来た時の様子からすると、文を受け取っていると察せられた。

「そうかもしれませぬが、あの方が揺らぐとは思えませぬ」

青山は返したが、それは他の者ならば、揺らぐかもしれないと言っているようにも聞こえた。各所に餌をばらまいているならば、心を動かす者はいるだろう。

「宮津屋及び鹿島屋の押し込みの件の解決を、急がなくてはならないぞ」

正紀は改めて青山に命じた。

東雲屋には、銚子に出店《でだな》がある。そこの主人は伝五郎の甥で佐次郎《さじろう》という者だった。

「逃げた寅蔵や巨漢の定吉が、立ち寄っているのではないでしょうか」

青山が口にした。大いにありそうだ。

そこで正紀は、銚子の松岸屋へ、東雲屋の出店の様子を見てきてほしいと依頼の文を書いた。ここまで調べた概要も書き添えた上でだ。

三兄弟についても、調べられるなら知りたい。その依頼も書き添えた。

二

源之助は植村と共に、巨漢定吉の行方を捜していた。住んでいた長屋周辺での聞き込みを済ませた。

そして四谷伝馬町へ足を向けた。東側、堀の向こうに四谷御門が聳《そび》えている。西に目をやると、幅広の甲州街道が彼方まで延びていた。

街道輸送に関わる、人足や伝馬《てんま》の継立《つぎた》てを幕府の命により行うという道中伝馬役を負担する役割を持つ町だった。輸送のための馬を置いている店が多かった。馬子《まご》や人足の姿が、少なからず見られた。

馬の嘶《いなな》きや蹄《ひづめ》の音が、あちらこちらから聞こえてくる。気をつけないと、馬糞を踏む。

「そういやあ、いましたね」

定吉を知る者はいたが、鹿島屋押し込みの日以降、その姿を見た者はいなかった。どこに行ったかも分からない。

「しかしどこかに、行方を知る者が一人くらいはいるのではないか」

そう信じて源之助と植村は、四谷の町を歩いた。磯七から聞いた者のあらかたを訊き終えたところで植村が言った。

「定吉の、女関わりはなかったのでしょうか」

そういう話は、磯七の口からは出てこなかった。そこで女関係について、改めて磯七や他の者に訊いた。

「さあ、あいつは不器用だからねえ」

面相もいいわけではなかった。女には持てなかったらしい。植村は通じるものを感じるのか、仏頂面《ぶっちょうづら》で聞いていた。

「女郎屋ならば、行ったんじゃあないかね」

四谷界隈にも、女郎屋街はいくつもあった。ただ磯七も他の者も、どの店かは知らなかった。

そこで仕方なく、住んでいた長屋へ再び足を向けた。

「あの人だって男だからさ、遊んでいたかもしれないねえ」

井戸端にいた女房たちは、面白がって笑った。ただどこで遊んだか分かる者はいない。

「ここを発つ前に、別れを惜しみに行ったかもしれないよ」

嘲笑《あざわら》うように、そんなことを口にする者もいた。源之助と植村は、口を挟まずやり取りに耳を傾けた。

「でもさあ。あの人、付け馬を連れて帰って来たことがあったじゃないか」

一人が言った。

「へえ、そうかい。花代を払えなくて、見世《みせ》の者がついて来たわけだね」

「ええっ。あたしゃ知らないよ」

「いや、いたよ」

女房たちで、ひとしきり揉めた。ただ話の流れから、事実らしかった。

「どこの見世か分かるか」

「さあ」

付け馬を見たと口にした者は、顔を見合わせた。

「うさぎ屋とかいったような気がするけど」

一人が言うと、付け馬に気づかなかった女房がからかった。

「あんた、聞き耳を立てていたんだね」

「抜け目がないよ」

またげらげら笑った。定吉は、長屋に隠していた銭で払ったらしい。大騒ぎにはならなかった。しかし、どこのうさぎ屋かは誰も分からない。

そこで源之助は、植村と共にうさぎ屋という女郎屋がどこにあるか捜す。ただ源之助にしても植村にしても、女郎屋には疎《うと》かった。

荷運びをする人足たちに訊いて、四谷界隈の女郎屋街をひとつずつ廻ることにした。

「お武家さん方は、遊んでいないんだねえ」

問いかけられた人足は、憐れむような目を向けた。

「いろいろありますぜ。花代もぴんからきりまである」

内藤新宿《ないとうしんじゅく》、四谷鮫《さめ》ヶ橋《はし》、市《いち》ヶ谷八幡《やはちまん》、市ヶ谷愛敬《あいきょう》、市ヶ谷ずく谷《だに》などが挙がった。

そこで内藤新宿から問いかけを始めた。

「この界隈には、うさぎ屋なんて女郎屋はありませんよ」

と訪れた女郎屋のおかみに告げられた。初めから見つけられるとは考えてもいない。しかし市ヶ谷田町《たまち》の愛敬稲荷《いなり》の門前町にある女郎屋街で、うさぎ屋を発見した。

「おお、これだ」

大きな見世ではない。女郎は、十人ほどかと察せられた。

夜見世が始まったところで、路地は薄闇に覆われている。娼家《しょうか》の軒下には掛行灯《かけあんどん》が下げられ、見世の燭台《しょくだい》には煌々《こうこう》と明かりが灯っていた。派手な色の襦袢《じゅばん》姿の女が、ひらひらと手を振っている。

「何だい、遊ぶんじゃないのかい」

格子の中にいる女郎は、問いかけには不満気な顔をした。そこで銭を握らせた。

「ええ。大きな人が、来ていたっけね」

女に訊いて、巨漢の客が千鳥《ちどり》という女郎のもとへ通っていたことが分かった。しかし女郎屋へ行って、初めて訪れた者が、やり手婆《てばば》や女郎らから客の話を聞けるとは思えない。そこで山野辺に助勢してもらうことにした。

翌日源之助は、植村と共に北町奉行所へ行って、山野辺に状況を話した。

「そうか。巨漢の破落戸が何者かはっきりすれば、調べが進むぞ」

「では、聞き込みのお手伝いをしていただけますか」

「お安い御用だ」

気軽に付き合ってくれた。山野辺も調べを進めているが、そこまで辿り着けていなかった。

山野辺が町廻りを始める前に、三人で市ヶ谷愛敬の女郎屋へ足を向けた。朝の光を浴びた女郎屋街は、夜の艶《あで》やかさに比べると色褪《いろあ》せた印象で、襦袢姿の女たちも気だるそうに見えた。

「少しの間、話をしたい」

やり手婆は嫌な顔をしたが、相手が十手持ちでは仕方がないとあきらめたらしかった。

建物裏手の井戸端で待っていると、色白だがやや大柄の赤い襦袢を身に着けた女が現れた。それが千鳥だった。

「ええ、覚えていますよ。定吉って、お相撲をやっていた人ですね」

もう少しで十両だったと、自慢したらしい。

「よく通ったのだな」

と山野辺。

「お金が足りないこともありましたけどね」

昨年の十二月初めあたりからはよく訪れた。このときは、花代の他に心付けも弾んでくれたそうな。

「そんなこと、前はなかったんだけど急に」

しかし年が明けてからは顔を見せていない。

「どこかへ行くと、話していなかったか」

「いえ、話していませんでしたね。最後に来たときも」

「そうか」

源之助は、これで手掛かりが切れた気がした。山野辺を煩《わずら》わせながら、あっけなかった。

「最後に来たのはいつか」

「ええと」

宮津屋への押し込みがあった前後が、最後だったとの証言だ。

「そのときは、珍しく旅姿の商人《あきんど》ふうと一緒でした」

「何だと」

商人ふうの相手をしたのは、楓《かえで》という女郎だった。楓も呼んで話を聞く。十八、九歳の富士額《ふじびたい》の女郎だ。

楓は、客を思い出すのに手間取った。一度来ただけの者だ。相撲取り崩れと一緒に来たと告げて思い出させた。

「ああ」

三人の侍に囲まれておどおどしていたが、思い出すことができてほっとしたらしい。

客の年頃は二十代後半だったそうな。

「どこから来たか訊いたら、佐倉《さくら》だって」

「なるほど」

頭に浮かぶ者が一人いた。東雲屋の銚子の出店にいる佐次郎だ。源之助も植村も顔を見たことはないが、歳は合う。佐倉の出ではないが、女郎を相手にその程度の嘘は口にするだろう。

「確かめよう」

三人は市ヶ谷から、永久島の東雲屋へ向かった。城を挟んだ西と東でもあるから、逸る気持ちもあって遠く感じた。

北新堀町に入って、東雲屋の前に立つ。店の前で、小僧が打ち水をしていた。山野辺がその小僧に声をかけた。

「年の瀬に、銚子の佐次郎は江戸へ来ていなかったか」

「へい。お見えになりました」

手を止めた小僧は答えた。尋ねることはそれだけだ。東雲屋から離れたところで、三人は話をした。

「佐次郎と繫がった以上、やはり定吉は、このあたりをうろついていた巨漢ということになりますね」

「そうなるだろう」

源之助の言葉に、山野辺が頷いた。

「おのれっ」

利用されたと憤っている植村は、会ったこともない定吉に怒りの矛先《ほこさき》を向けた。

「佐次郎と定吉は、今も一緒に動いているのではないでしょうか」

江戸を出た定吉には、行き先はない。佐次郎といれば銭になると考えれば、ついて行くだろう。

「ならば向かった先は、銚子か」

身を隠すには、都合がいいかもしれない。

三

下屋敷に戻ってきた源之助と植村は、興奮気味に調べの結果を正紀や青山、高坂に話した。

「そうか。巨漢が相撲取り崩れの定吉なのは、間違いなさそうだな」

正紀は、報告を受けて言った。山野辺の手助けがありがたかった。二人をねぎらった上で、考えを伝えた。

「定吉が佐次郎と一緒というのはありそうだ。銚子に身を隠したか」

源之助と植村は、正紀の言葉に満足したらしかった。同席している青山と高坂も頷いた。

「お由が取手宿だとすると、利根川沿いとなりますね」

「寅蔵もそちらでしょうか」

源之助と植村が続けた。お由と以蔵が取手に隠れ家を持っているとすれば、寅蔵も出入りしたことだろう。

十三年あれば、土地鑑も身についたに違いない。

「それにしても、腑に落ちないぞ」

正紀は呟いた。

「何がでございますか」

青山始め一同が、正紀に目を向けた。

「佐次郎は、間違いなく東雲屋の意を受けて動いている」

「それはそうでございましょう。伝五郎に命じられてのことと思われます」

高坂が応じた。

「定吉は、おれを貶めるのには役に立った。植村の役目を果たしたわけだからな」

「はあ」

不快そうに、植村は応じる。

「しかしそれで、役目は済んだはずだ。後は江戸から追い払えばいい」

「なるほど。佐次郎が面倒を見るいわれはないわけですな」

と青山。それに源之助が続けた。

「しかし捕らえられて、すべてを喋られては向こうの不利になります」

「まあそうだ。放り出すわけにはいかない。ただそれならば、殺せばいい」

やつらは人の命など、どれほどのものとも思わない。

「園田あたりならば、ばっさりやりそうですね」

「しかし、死体は上がっていないぞ。道中のどこかでやったか」

あれこれ話したところで、源之助が言った。

「まだ使い道があれば、生かしておくのではないでしょうか」

「どのような使い道であろう」

青山は首を傾げた。

「ううむ」

答えを出せる者はいなかった。

「それとも一つは、寅蔵の動きだ。寅蔵は、兄の以蔵が捕らえられたことで、お由とその子どもを守る役割となる」

「兄弟ですから、そうなりましょう」

「以蔵が正紀様を仲間だと言い張ったのは、その女房と子どもがいるからでございます」

源之助の言葉に植村が続けた。

「東雲屋も、お由と子どもを守るという約定《やくじょう》を以蔵と交わしているはずです」

これは高坂。苦労人の高坂は、暮らしの費えということを何よりも先に頭に置く。

母子《おやこ》の日々の暮らしを守る約定だ。

「しかし処刑が済んだら、東雲屋はお由や子どもを養うか。そんな殊勝な男か」

「いいえ」

正紀の問いかけに、一同は首を横に振った。信頼に足る人物だとは、誰も思わない。

「しかし寅蔵が、目を光らせるのでは」

「ついでに寅蔵も殺してしまえば、面倒はないのではないか」

源之助に高坂が続けた。高坂の方が、現実的だ。

「寅蔵の行方を、東雲屋は知っているのでしょうか」

青山の疑問には、誰も答えられない。

「お由は、奪った金を持っているのではないですか」

「以蔵の稼ぎ次第で、額は変わるだろうがな」

以蔵ら三兄弟は、江戸で押し込み稼ぎをした場合、それからしばらくは姿を隠していた。しかし、じっとしていたわけではない。

関八州《かんはっしゅう》、いやそれ以遠《いえん》の場所でも押し込み働きをしていたと推察できた。

「いったいどのような稼ぎをしていたのか」

まだ調べを始めてもいなかった。

「そこを当たってみなくてはなるまい」

「どこへ行けば分かりましょうや」

源之助が正紀に問いかけてきた。

「まずは関東郡代《かんとうぐんだい》のもとへ参ろう」

そこならば、天領であった押し込みの被害について記録が残されているはずだ。

郡代は伊奈忠尊《いなただたか》だが、正紀は面識がなかった。そこで兄の睦群《むつむら》に紹介をしてもらうことにした。

今尾藩邸へ、青山を使いにやった。

夜遅くなって、青山が戻ってきた。

「睦群様は、案じておいででした」

本来ならば直に会って、これまでのことを伝えたいところだ。謹慎の身の上なので、藩邸へは出向けなかった。尾張藩付家老《つけがろう》の睦群も、多忙な身だ。容易くは動けない。

青山が会って話を聞いてきた。

「ご老中方は、正紀様廃嫡に傾いているようでございます」

「そうであろうな」

乗完や浦川が動いている。

「大給以外の松平家に、声掛けをしているようで」

代替わりは高岡藩の問題だ。他藩の者にどうこう言われる筋合いはないが、本家や分家だけでなく、他からも廃嫡の声が高まれば無視できなくなる。悪事をなしてはいないが、正紀は蟄居謹慎の身の上だった。

「宗睦様や滝川様が、廃嫡の声が大きくならぬように働きかけてくださっているそうで」

二人の力がなければ、もっと騒ぎは大きくなっているのかもしれない。とはいえときの老中を敵に回していることを忘れてはいけない。青山から伊奈忠尊への紹介状を受け取った。

翌日正紀は、青山を伴ってお忍びで浅草《あさくさ》御門脇の郡代屋敷へ赴いた。いつもと同じように深編笠を被り、道中目立たぬよう、細心の注意を払った上でだ。郡代屋敷には町人が出入りするだけでなく、江戸へ出てきた百姓とおぼしい者の姿もあった。

睦群からの紹介状を差し出した。

「よく参られた」

伊奈は気持ちよく応じた。睦群の力は大きい。正紀と会ったことは口外せぬとした上で、配下を通して記録の綴《つづ》りを見せてくれた。

十三年前から今年に至るまでの、三人組による盗賊の記録を抜き出した。青山が持参した紙に書き写した。

「これは。いろいろなところで、やっていますな」

青山は驚きの声を上げた。殺害もしている。百両以上奪われたところが、七軒あった。すべて豪農といってよい者たちばかりだ。

上野国《こうずけ》では、利根郡下川田村《しもかわだ》名主作右衛門《さくえもん》が百七十四両。歯向かった下男が殺された。邑楽郡北大島村《おうらきたおおしま》百姓代助十《すけじゅう》が百十両。倅助太郎《せがれすけたろう》が殺された。新田郡本町村《にったほんまち》百六十二両。重傷者は出たが死人は出なかった。

常陸国では信太郡木原村《しだきはら》で、名主市左衛門《いちざえもん》と百姓代宇兵衛《うへえ》の二軒から百三十六両。この村は旗本の知行所も交ざっていた。死人はない。

下総国では猿島郡諸川村《さしまもろかわ》の名主藤太郎《ふじたろう》が百四十五両、同逆井村《さかさい》の百姓長兵衛《ちょうべえ》百七両、香取郡神崎本宿亀七郎《かとりこうざきほんしゅくかめしちろう》が百八十三両となっていた。逆井村では、名主が殺された。

「十三年の間とはいえ、これだけで千両を超える。しかも人が三人殺されているな」

「数十両のところも合わせると、ざっと千四、五百両といったところですね」

青山は驚きを超えて、気の抜けたような声を漏らした。

「これは、代官所へ届けられたものだけだ」

「さようでございます。大名家の領地や旗本家の知行所の分は、この中には含まれませんね」

「そういうことだ。届けない者もあろうし、もっと遠方へ足を延ばしているかもしれぬ。江戸の分もあるからな」

「では、どれほどの金高になりましょう」

見当もつかない。

「それらの金子は、どこにあるのでしょうか。使ってしまったのでしょうか」

「派手に使えば、目立つだろう。これまで怪しまれてはいない」

「ならばどこかに、まとめて隠されているのでしょうか」

確かめるすべはない。ただその金に、お由が絡んでいないか。そして東雲屋は、このことに気がついているのか。そこが気がかりになった。

四

翌日青山と高坂は、永久島へ足を向けた。東雲屋を探るつもりだ。二人は、東雲屋の奉公人や近所の者に顔を知られていない。高坂は腕の怪我が完治していないが、聞き込みをする程度ならば、問題ないほどに快復していた。

高坂の怪我はときが経てば治るが、正国の病の方は質《たち》が悪かった。いつ病魔が頭をもたげるか分からない。家中の者は、穏やかではない気持ちが続く。

東雲屋は、何事もなかったように商いを続けている。客の出入りも多かった。

「見たところでは、繁盛している様子でございますね」

高坂が言った。店の中を覗くと、伝五郎だけでなく、杉之助の姿も見えた。

「百敲きの刑を受けたが、だいぶ快復したようだな」

帳場で算盤《そろばん》を弾いているだけならば、常と変わらぬように感じられた。

次に四百二十両を奪われ主人を殺された宮津屋を訪れると、ひっそりとした様子だった。店の中を覗くと、若旦那がぼんやりと店の奥で座っている。

「いろいろあったが、宮津屋の商いはどうか」

近くの味噌《みそ》醤油《しょうゆ》問屋の手代に訊いた。

「あまりよくないようですが」

手代が一人辞めたとか。番頭の弐兵衛《にへえ》は毎日出かけているらしい。資金繰りに追われているのかもしれない。

「金を奪われたのがこたえているのであろうな」

「客も、取られているようですよ」

「どこにだ」

「東雲屋さんじゃないですか」

「杉之助は、ようやく帳場に出られるようになったばかりではないのか」

青山は、先ほど見かけた姿を頭に浮かべた。

「あの人が、手代たちの尻を叩いているみたいですね」

と返された。強引でしたたかな商いをするのは、何があっても変わらないようだ。

「商いの金は、豊富なのであろうな」

「羨《うらや》ましいことです」

東雲屋へ戻って、店の前で水を撒いていた小僧に青山が声をかけた。

「もう番頭は、だいぶよくなったようだな。何よりだ」

百敲きの刑を受けて、店へは戸板で運ばれた。手厚い治療を受けたのは間違いない。

青山は、同情する口調で話しかけた。

「お陰様で。でもまだ外には出られません」

「では、外の商いはどうしているのか」

「旦那さんと手代さんが廻っています」

「ならば、忙しいな」

「はい」

「銚子から手伝いに来ることはないのか」

青山に問われた小僧は、どうしてそんなことを知っているのかという顔になった。

怪しんだ様子だ。

「おれは、下妻藩の者だ」

嘘をついた。しかしそれで小僧の顔から、警戒する気配が消えた。東雲屋は、下妻藩の御用達《ごようたし》だ。知っていてもおかしくはないと感じたのだろう。

「佐次郎さんは取手へ行くので、こちらへは来られません」

銚子で仕入れた干鰯やメ粕、魚油は、江戸へ運ばれるだけではなく、取手を経由して、鬼怒川や小貝川の河岸場へ運ばれる。

「取手へは、よく行くのか」

「いえ。今回は、何か大事な商いがあるとかで」

小僧は答えた。

その頃、高岡藩下屋敷のもとへ、下妻藩の正広から正紀宛てに文が届いていた。早速封を切った。

「何事でございましょう」

屋敷にいた源之助と植村も関心を示した。

文の内容は、園田新兵衛が数日中に江戸を発ち、国許下妻へ帰るというものだった。縁者の命日だそうな。正棠から帰国させろという申し出があったとか。正広は許したが、何か裏がありそうだと察して、知らせてきたのだった。

正棠が家臣のために、当主に申し入れをするなど珍しいそうな。

園田は途中、取手にも数日投宿する。これは領内の百姓が商人に領内産物や雑穀を売るにあたって、徴税のために量を検めるというものだった。米ではないので、微々たるものだ。

正広は取手での宿泊を許さないこともできるが、動きを探るならばよい機会だと記していた。

源之助と植村にも、その文を読ませた。

「必ず、何か企みがありますね」

「お由は、取手にいるのかもしれません」

文を読んだ源之助と植村は言った。正広の文を読む限り、園田がどうしても取手に投宿しなくてはならないものとは感じられない。


夕刻近くになって、青山と高坂が帰ってきた。

東雲屋の様子を、卸先小売りなどで聞いてきたが、耳寄りな話はなかった。ただ青山が最後に口にした佐次郎が取手へ行く話は、正紀には衝撃だった。

佐次郎が取手に向かう話は、園田の動きに繋がるのではないか。

「日にちが重なりそうです」

話を聞いた源之助や植村は色めき立った。

「佐次郎は、多忙な江戸店の助勢には入らず、取手へ赴くというのは、何かあるからに他なりません」

定吉を引き取って、佐次郎は江戸を出た。居合わせた者たちは、もう巨漢が定吉ではないと疑う者はいない。

「お由は、千両以上の金子を隠していると思われます」

青山は続けて関東郡代で調べたことを、源之助と植村に伝えた。

「とんでもない額でございますな」

実感がないといった顔で、植村は言った。高岡藩では、十両二十両の金子のために、汲々《きゅうきゅう》としてきた。

「しかし園田と佐次郎が行くとなると、捨て置けないのではないか」

胸に萌《きざ》した考えを、正紀は口にした。

「やはりお由は、取手にいるのではないでしょうか。向こうを出たのは十五年以上も前でしょうが、土地への思いはあるはずです」

「さようですな。取手ならば、以蔵の女房だということも、知られていないでしょう」

自ら話すわけもない。源之助の言葉に、青山が続けた。

「園田も東雲屋の意を受けた佐次郎も、お由が持つ金が目当てでしょうか」

高坂が言った。あくまでもお由が、以蔵の大金を隠し持っていればの話だ。園田たちはともかく、抜け目ない商人の東雲屋が、大金を手に入れる機会をみすみす逃すとは思えない。

「取手に、行かせていただけないでしょうか」

「それがしも。じっとしていては、日が過ぎるばかりでございます」

源之助に続いて、植村が口にした。お由を捜し出せば、寅蔵や定吉に繋がる。園田らの狙いも分かるのではないかとの判断である。

五

「ただ取手は、大きな河岸場だ。高岡河岸とは違うぞ。目当てもなく行っても、手間がかかるばかりではないか」

取手へ行きたいという、源之助と植村に正紀は言葉を返した。取手へは、かつて植村を伴って行ったことがある。繁華な河岸場であり宿場だった。住人だけでなく、旅人も多い。動きのある町だ。

取手は北相馬《きたそうま》地方の中心を担《にな》う宿場町として発展したが、それだけではない。利根川を利用した水運が盛んになるにつれて、河岸場としての規模を大きくした。今では取手には三つの河岸場がある。

そのうちの一つである取手河岸は、地廻り問屋や江戸の問屋の出店が集まる商業活動の中心地で、水戸街道の取手宿と隣接して、水陸交通の要衝でもあった。

その上流にある戸頭《とがしら》河岸は、筑波《つくば》や下妻、真壁《まかべ》、笠間《かさま》筋の大名行列の中継地となった。藩士や各藩御用達の商人が行き交う。

また取手河岸の下流には、小堀《おおほり》河岸があった。ここは近隣の村から運ばれた年貢米や各種産物を積み出して江戸へ運ぶ役割を果たしていた。米だけではない各種の問屋が店を並べた。三つの河岸場を繋ぐ舟の艀下《はしけ》場としての役割も果たした。

したがってこれら三つの河岸場には、物品を扱う問屋だけでなく、船問屋が店を構え、船頭や水手《かこ》、船大工、荷運びを行う人足などがいた。またそれらの暮らしの用を足す品を扱う商人がいた。旅人も少なくないから、旅籠《はたご》や飲食をさせる店なども発達した。娼家などもあった。

正紀は正広に、園田の取手での宿泊場所を知らせてもらえるように文を書いて源之助に持って行かせた。

植村には、深川伊勢崎《いせざき》町の廻船問屋濱口《はまぐち》屋へ行かせた。主人の幸右衛門《こうえもん》には、取手河岸で協力してもらえる商家か旅籠を紹介してもらう。幸右衛門とは、松平定信による囲米政策に関わる米の輸送に関して正紀が力を貸し、親しい間柄になった。

高岡河岸の納屋《なや》建設では、力になってもらった。幸右衛門とは親子ほども歳は違うが、昵懇《じっこん》といっていい間柄だった。

まず植村が戻ってきた。幸右衛門からは三好《みよし》屋という取手河岸にある旅籠を紹介してもらった。

「明日早朝、江戸を発って関宿《せきやど》へ行く荷船があるので、それに乗ればいいとのことでございます」

これはありがたかった。

そして少しして源之助も戻ってきた。

「園田は、今日江戸を発ったそうにございます」

取手宿の大橋《おおはし》屋という雑穀問屋で投宿するそうな。源之助は正広に、これまで分かっていることを伝えた。するともう一つ、正広は大事なことを伝えてきた。

「加瀬の配下の笠原も、江戸を発ったとのことでございます」

「ほう」

「旅姿で、下屋敷の正棠様を訪ねたとか」

正広は、下屋敷の腹心から聞いた。何を話したかは分からないし、行き先も不明だが、取手かもしれないという話だった。

「園田と佐次郎らは取手で合流する段取りか」

正紀は応じた。にわかに、取手が重要な鍵を握る地になってきた。

「ともあれ、気をつけて行ってまいれ」

相手は命を奪うことを、何とも思わない連中だ。


翌早朝、靄の中を仙台堀《せんだいぼり》から濱口屋の五百石船が出た。源之助は植村と共に船端《ふなばた》に立った。川風が顔に当たる。

下り物の酒と塩を関宿へ運んで行く荷船だった。

二人とも旅には慣れていた。荷船は小名木川へ出て、東へ向かう。新川《しんかわ》、行徳《ぎょうとく》を経《へ》て、江戸川に入った。

途中の河岸場で荷を下ろし、新たに積み込む場合もあった。

関宿に着いたのは夜で、一泊してから、利根川を下る荷船に乗った。取手に着いたのは、翌日の正午を過ぎたあたりだった。

彼方には、まだ冠雪《かんせつ》した筑波山が見える。河岸場には、多数の大小の荷船が停まっていた。人足たちが、掛け声を上げて塩俵《しおだわら》の荷下ろしをしている。町には各種の商家が並んで、老若《ろうにゃく》の者が行き来をしていた。振り売りの姿も少なくなかった。武家や僧侶、何かの稽古を終えた帰りらしい娘たちの姿もあった。

川面《かわも》では、大小の荷船が行き交う。

源之助と植村は、まず三好屋へ入り旅装を解いた。そして番頭から、園田が宿泊する大橋屋について話を聞いた。濱口屋からの紹介状があるので、初めから好意的だった。

「大橋屋さんに、変わったところはありませんね」

後ろ指をさされるようなことはない店で、主人は河岸場の旦那衆の一人だとか。鬼怒川や小貝川流域の大名旗本家の御蔵役の出入りがある。園田のことは分からない。

三好屋には、下妻藩や浜松藩、西尾藩の家臣は投宿していなかった。銚子の佐次郎と定吉の名も見られない。

「それがしのような体つきの者を、河岸場で見たことはないか」

「さあ。たまには大きな方をお見かけしますが、今いるかどうかは分かりません」

それから源之助と植村は、大橋屋の様子を見に行った。活気のある店で、旅姿の者が敷居を跨いでゆく。

荷運びの用意をしていた小僧に、下妻藩の園田が投宿していないか訊いた。

「はい。昨日、お着きになりました」

今日は朝から出かけたが、何をしているかは分からない。

「巨漢が、店に出入りはしていないか」

「いえ」

見かけることもないと付け足した。

「では干鰯〆粕魚油商いの者が出入りしたことはないか」

「うちは雑穀商いでございまして」

どうしてそんなことを訊くのかという顔をされた。それから河岸場にいる者に、巨漢が現れていないかを尋ねた。

「大柄な人は、それなりにいますよ」

しかし植村ほどの大きさになると、いたと言う者は現れなかった。正紀から預かってきた、才蔵の似顔絵も見せた。

「さあ」

首を傾げられた。

日暮れるまでに、三つある主要な河岸場の一つ取手河岸の旅籠と船着場での聞き込みを終えてしまった。

「佐次郎と定吉は、必ず来ていますよ」

このあたりは広いし宿場もある。上流の戸頭河岸や、下流の小堀河岸にも宿場があるから、そちらも廻ってみなくてはならない。

六

「今頃は源之助らも、取手で調べを始めているであろうな」

「お由のもとまで無事辿り着いてほしいものです」

正紀の言葉に、青山が応じた。下屋敷の庭に面した縁側で、風は少し冷たいが梅のにおいがしてくる。

「江戸を出る折に、お由の腹にいた赤子は、もう十四になっているわけだな」

男か女かさえ分からない。以蔵は可愛がったのか。各地で押し込みをしていたわけだから、常に一緒にいたのではないだろう。

正紀は、孝姫のことを考えた。京から来た文で、孝姫は「ととさま、どこ」と尋ねたそうな。会いに行けないので、幼心にもおかしいと思うのかもしれない。少しずつ、言葉がはっきりしてきた。

そして正紀は、お由と生まれた子どものことを考えた。

「どのような暮らしをしているのでございましょう」

高坂が言った。盗んだ金がある。暮らしには困っていないだろう。

「すでに以蔵が捕らえられたことは知っているはずだ。源之助らに力を貸すことは、ないのではないか」

正紀はため息を吐いた。寅蔵が伝えているだろう。佐次郎がお由の居場所を知っているかどうかは分からない。

「いざとなれば、それがしも取手へ参ります」

青山が言った。急な場合には、濱口屋の荷船が、文を届ける段取りになっている。ただ文が届くのは、早朝に出しても翌日の夕方以降となる。都合のよい荷船がなければ、さらに日はかかった。

取手での動きを検討しているところに、思いがけない人物が正紀を訪ねて来た。旅姿の正森である。

「これはこれは」

「おとなしく、慎んでおるようだな」

　正森は、堅苦しい挨拶《あいさつ》など受け付けない。

「まあ」

「しかし今後、どのような動きになるのかは分からぬぞ。やつらは黙ってはおらぬだろうからな」

「ははっ」

　寝返った国許の児島が、靡《なび》きそうな江戸の藩士に文を送っていることを伝えた。

「あやつならば、やりそうだ」

　高岡へ正棠が訪ねて行ったときにも、そういう気配があったとか。さらにここまでの調べの仔細も、すべて伝えた。

「なるほど。怪しげな者が、以蔵の残した金を目当てに取手に集まっているわけか」

　苦々し気な顔になった。正森も、以蔵の金は、お由が隠していると踏んだらしかった。そしてさらに続けた。

「今日参ったのは、銚子の松岸屋に届いたその方の文を読んだからだ」

「それは、かたじけないことで」

　力を貸すとは言っていた。さすがに正森の動きは迅速《じんそく》だ。銚子の東雲屋の出店について訊いた。

「佐次郎は、数日前に銚子を出ている。店は手代がすべてをこなしている」

定吉らしい者が、銚子へ姿を見せたことはなかった。巨漢ならば、近所の者が気づく。正森は、自ら調べた上で言っていた。

「江戸を発った佐次郎は、そのまま取手へ出向いたのではないか」

正森の見立てだった。さらに銚子にいた頃の三兄弟についても、調べをしてきていた。大雑把なところは、以蔵について十三年前に調べた同心から聞いてくれたという。

「三人は、升助《ますすけ》という舟を持たない漁師の倅だった。升助は酒飲みで博奕打ち、どうしようもない者だったらしい」

愛想《あいそ》をつかした女房は、以蔵が八歳のときに男を作って銚子を出た。そのとき一番下の才蔵は、四歳だった。

升助は、子どもたちの面倒など見ない。外川《とかわ》の海際の、漁具を入れる掘っ立て小屋で三人は過ごした。簀子《すのこ》の上に筵を敷いて、綿のはみ出した古い掻い巻きに包《くる》まって寝た。

近所の漁師の女房が時折面倒を見たが、できることには限りがあった。不漁のときには、誰でもゆとりがなくなった。

「以蔵は八歳で、弟たちの親代わりになったのでしょうか」

「まあ、そういうことだ。ただな、以蔵も寅蔵も、幼い頃からすばしこかったらしい。銚子の町へ出て、かっぱらいをやった」

盗みでしか食えなかったが、小屋のある外川ではやらなかった。そのあたりの計算は、子どもながらできた。頭の悪い子ではなかった。

以蔵が十一歳になったとき、見かねた舟持ちの漁師が、以蔵を江戸の房川屋へ奉公に出した。そして残った九歳の寅蔵と七歳の才蔵は、網元《あみもと》の家の小僧になった。

「二人はこき使われたようだ。しかし以蔵がいなくては、他で生きていくことはできない」

親を亡くした子なら、その歳で奉公に出ることは珍しくない。そして以蔵が手代になったとき、初めて銭が江戸から送られてきた。二人はたいそう喜んだらしい。

この頃父の升助が死んだが、遺体の引き取りにも行かなかった。沖合に投げ捨てて、魚の餌にでもしてくれと言ったとか。

以蔵が婿になって、仕送りの額が増えて、二人はまともな暮らしができるようになった。寅蔵と才蔵は、読み書き算盤は嫌いだった。そのまま雇われ漁師になった。二人とも気が荒く、すばしこかった。

「江戸の兄のことは、慕《した》っていたようだ」

「以蔵がいなければ、生きられなかったわけですからね」

「二人はもともと、漁師などはやりたくなかったらしい」

度胸があって、その気になればいい漁師になったはずだと、周りの者は口にした。好きなのは、酒と博奕と女だった。

「父親と似ていたが、度胸と腕力はあった。すばしこくて、喧嘩《けんか》慣れもしていた」

「そうでなければ、生きてこられなかったわけですからね」

「そういうことだ。殴られ蹴られして過ごしてきた者は、同じことを他人にも平気でする。それ以上にな」

寅蔵が二十歳になる頃には、町の乱暴者になっていた。

「そして十三年前、以蔵が外川へ顔を出した」

「まだ、銚子には江戸の事件が伝えられていなかったわけですね」

「そういうことだ」

そのとき弟二人は、町の金貸しから金を借りていた。博奕の金五両ほどだ。

「叩き返したわけですね」

以蔵は奪った五十両を持っていた。

「いや、取り立てに来た金貸しと用心棒を、半殺しの目に遭わせた」

「ほう」

「厳しい取り立てをされて、恨んでいたようだ。金貸しは体が不自由になり、用心棒は半月後に亡くなった」

「………」

「さらに金貸しと用心棒の巾着にあった小判と小銭を合わせた四両ほどを奪って逃げた」

その後どうなったかは、銚子の者は誰も知らない。悪党が三人、野に放たれたことになる。銭に苦しめられた分だけ、三人は貪欲《どんよく》だった。

「以蔵は吟味の際に、その方が仲間だと話したわけだな」

「さようで」

それで正紀は追い詰められた。塚本の証言もあった。

「以蔵は相当額の金子をため込んだであろうな」

「そうですね。千両は下らないのではないでしょうか」

確証はないが、郡代屋敷で調べた結果から、それくらいになるのではないかと踏んでいた。

「東雲屋は、何も知らないと思うか」

「仲間になるにあたって、調べたでしょうね」

正確な額は分からなくても、おおよその見当は、つけただろう。

「東雲屋は、どうするか」

「奪おうとするでしょう」

正紀は即答した。資金になる。正棠や加瀬にしても、知れば欲しい金だろう。表に出ない金だ。

「以蔵にはそれが、よく分かるに違いない」

「まことに」

そこで正紀は、はっとした。以蔵の狙いが、見えた気がしたのである。

「以蔵は、金子を守ろうとして、あの証言をしたのではないでしょうか」

園田と笠原には都合のいい証言をした。正棠や加瀬を知っていたかどうかは不明だが、結果として利することになる。そして以蔵は、どこの藩かは知らぬまでも、正紀を貶める企みを察していた。

「東雲屋らがお由から金を奪おうとしたら、以蔵は許さない。証言を取り下げるぞ、すべてを話すぞという脅しが、東雲屋らにも向けられているわけですね」

「そうかもしれぬな」

正森は頷いた。

東雲屋が裏切ったという証拠を牢屋敷にいる以蔵に示すことができれば、翻意《ほんい》させられるかもしれない。

第三章　形見

一

「では東雲屋らは、やらないと思うか」

正森が言った。下屋敷の一室で、正紀と向き合っている。正午前の日差しが縁側を照らしていた。

「逃げている寅蔵が、お由と子どもを守ると思います。以蔵には恩義を感じているはずですから、東雲屋に妙な真似をさせぬよう動くかと」

「まあそうだろうが、これまで奪った金をどう分けたかによっては、不満があるかもしれぬ」

以蔵の取り分が、弟たちが不満に思うほど多かった場合だ。

「なるほど」

寅蔵が、金を奪う側に回るかもしれなかった。正森の方が、世の中の裏を見ている。兄弟でも、銭の話になれば別だと考えるべきかもしれなかった。また残された金が高額ならば、目が眩《くら》むということもあるだろう。

「少なくとも、自分の取り分は考えるでしょうね」

銭のありがたさは分かっている。それに押し込みは、三人だからこそ、これまでうまくやってきた。一人では、できることは限られるに違いない。

「わしがあの男の立場ならば、兄以蔵に恩義を感じていても、取れるだけは取るぞ。人の欲とは、そういうものだ」

「東雲屋も、奪おうとしますね」

あれば助かる大金だ。みすみす見逃しはしないだろう。三兄弟のこれまでの押し込みの跡を知れば、商いを大きくしたいという野心を持つ者には無視できる額ではない。

「ただ以蔵が生きているうちは、なるべく控えたいところだろう。その間に寅蔵が持っていかぬよう、必死に行方を捜しているに違いない」

以蔵に伝われば面倒だ。以蔵が証言を翻《ひるがえ》し、東雲屋も賊と繋がっているとなれば、伝五郎の首も飛ぶ。

「寅蔵と東雲屋は、手を結ぶでしょうか」

「いや、それはありえぬだろう。少なくとも東雲屋にとっては、寅蔵は金を奪い取るときの邪魔になるだけではなく、万が一、死罪を覚悟して奉行所に訴え出られでもしたら、身の破滅だ。なるべく早めに始末したい相手であろう」

寅蔵さえ始末してしまえば、約定を違《たが》えようがどうしようが、牢屋敷にいる以蔵に伝わることもなくなる。その後でお由を脅して隠し金のありかを聞き出せばいい。

「以蔵はどこに隠しているのでしょうか」

その場所を兄弟たちは知っていたのか。お由だけが知っているのか。寅蔵が知っていたら、さっさと持ち出して逃げているだろう。

「お由は、以蔵の稼ぎを渡したくはないだろう。盗んだ金でも、以蔵らが命懸けで手に入れたものだからな」

「己と子どもが生きていくには、なくてはならないと考えるでしょうね」

それを東雲屋は、横から奪い取ろうとしている。承服しがたいだろう。

「お由は、寅蔵が来たらどうするでしょう」

「気持ちがあるならば、金を分けてやるだろう」

「お由が金を独り占めしようとしたら」

お由だけが金のありかを知っているはずだ。

「聞き出そうとするさ」

正森は当たり前ではないかという顔をした。

「どのような手を打つでしょう」

「寅蔵は手段を選ばぬだろう。東雲屋の佐次郎、定吉も迫っている。これはややこしくなるぞ」

「寅蔵が金を奪って逃げたら、やつらも捜すのは難しくなりますね」

糸の切れた凧《たこ》のようなものだ。追いかけようがない。利根川流域ならば、寅蔵にとっては庭のようなものだろう。

「先に隠し場所が分かったならば、佐次郎たちは母子ともども殺してしまうかもしれぬ」

「血も涙もないやつらですからね」

死体を河原にでも埋めてしまえば、それで終わりだ。寅蔵ならば、そこまで非道なことはしないと思いたい。

いずれにせよ、寅蔵を捕まえるか、以蔵が証言を翻さぬ限り、押し込みの真相が明らかになることはない。正紀への疑いが晴れぬままでは、浦川や正棠は、廃嫡の話を進めてくるだろう。

「それとな、園田と笠原が取手に向かったのは、隠し金が目的ではないのかもしれぬぞ」

「なぜでございましょう」

正紀は首を傾げた。下妻藩も西尾藩も、藩財政に余裕はない。大金を手に入れる機会があれば、見逃す手はないだろう。

「正棠や加瀬のそもそもの狙いは、その方を廃嫡することだ。目的を果たすまでは、金など二の次となろう。むしろ、東雲屋が妙な真似をせぬか、警戒しておるのやもしれぬ。もともと利で繋がった仲でしかないからな」

正森の鋭い意見に、正紀は唸った。確かに、ないとはいえない気がする。敵も必ずしも一枚岩ではないということか。

「わしは、伝えるべきことは伝えたぞ」

言い残した正森は、下屋敷を出て行った。用件以外は、一切話をしなかった。

一夜明けて、源之助は植村と共に、小舟に乗って取手河岸から戸頭河岸へ行った。到着した荷船が、行き先の違う荷を下ろし、新たな荷を積んでいた。利根川を下るのではなく、鬼怒川や小貝川流域に運ばれる荷は、ここで入れ替えられる。

まず源之助は船着場にいた人足たちに、巨漢の旅人について尋ねた。巨漢と問うのが一番捜しやすい。死んだ才蔵の似顔絵も見せた。

鹿島屋押し込みの折に、高張提灯《たかはりぢょうちん》に照らされた顔を、源之助や植村は見ている。

「この似顔絵に似ているやつを、見たことがあるぞ」

そう口にする者はたまにいる。しかし通りすがったというだけでは話にならない。

昔から河岸場に住む老人には、十三年前に身重の体で江戸から来たお由という女を覚えていないかと訊いた。昨日は思いつかず訊かなかった。

「さあねえ」

住人の移動が激しい河岸場の町だ。しかも十年以上前となると、記憶もあやふやになる。

「十三年前かどうかは分からないが、江戸から出てきて子を産んだ女子《おなご》はいたぞ」

と言う老人がいた。亭主は船頭だったとか。

「訳ありらしかったが、半年ほどで出て行った」

行方は分からない。もちろん名など覚えていなかった。そうなると、追いかけようがなかった。

取手のような大きな河岸場には、訳ありの男女が流れてくることは少なくないそうな。

旅籠は三軒あってすべて訪ねたが、手掛かりは得られない。巨漢を見たという者もいなかった。

「次へ行きましょう」

それから舟で下って、取手河岸の下流にある小堀河岸へ行った。ここも賑わっている。陸路を行く旅人の姿も少なくなかった。

まず船着場で人足に話を聞いた。

「そういえばお武家さんみたいな体の大きい旅人を、見かけましたぜ」

と言う者が現れた。旅姿で、商人と一緒だったそうな。つい二、三日前のことだとか。

「それですね」

源之助と植村は顔を見合わせた。佐次郎と定吉に相違《そうい》ない。

「どこに泊まったかは、分かりません。この河岸場を通り過ぎただけかもしれやせんし」

他にも見かけたと話す者はいた。巨漢は目立つ。決めつけるわけにはいかないが、やつらはこの地に現れていた。

園田の宿は取手河岸の大橋屋だが、笠原の方は分からない。河岸場には侍も少なからずいる。

十三年前の身重の女について、船着場で知る者はおらず、似顔絵の顔も、見かけたと告げる者はいなかった。それから目についた旅籠を当たった。

二軒目は、篠崎《しのざき》屋という中どころの旅籠だ。建物は古いが、手入れはよくされている。

店の前で十四、五の小僧が水を撒いていた。

「あっ」

小僧の撒いた水が源之助の袴《はかま》にかかってしまった。

「あいすみません」

小僧は謝ると、腰の手拭いで濡れた袴を拭こうとした。とんでもないことをしてしまったと慌てている。

「気にすることはない。こちらも考え事をしていて、その方に気がつかなかった」

源之助は言った。都合がいいので、小僧に尋ねた。

「この旅籠に、体の大きな供を連れた旅の商人が泊まっていないか」

「いえ、いません」

あっさりした返事だった。

「では、江戸からの侍は泊まっているか」

いるにはいたが、小見川《おみがわ》藩の家臣だそうな。小僧の話からは、気になることは聞けなかった。

「お由という名の女子を知らぬか」

念のため小僧にも問いかけをした。

「知っています」

「そうか」

驚いた。あまりにあっけない。住まいを聞いて出かけると、どう見ても四十代半ばの歳で、取手から出たことはない女だった。

三軒目の旅籠鶉屋《うずらや》へ行った。

「ええ。体の大きな方が、お泊まりになっています」

番頭が、ためらう様子もなく答えた。佐原《さわら》から来た佐兵衛《さへえ》と定次郎《さだじろう》と宿帳《やどちょう》には記されているとか。宿泊は一昨日《おととい》からで、今日は朝から出かけていた。

定次郎の体の大きさを訊くと、植村を指さして「こちらの旦那と同じくらい」と番頭は答えた。

「ここですね」

植村が耳打ちをした。二人は初めての宿泊だそうな。

「何か尋ねられはしなかったか」

「そういえば、篠崎屋のおかみさんのことを訊かれました」

「ほう」

篠崎屋では水をかけた小僧としか話をしなかった。どきりとして確かめた。

「おかみは、お由という名か」

「違います。お真砂《まさ》さんです」

「歳は」

「三十をやや過ぎたあたりかと」

源之助は胸騒ぎを覚えながら問いかけた。

「子どもはいないか」

「いますよ。蔵吉《くらきち》さんが」

歳は十四で、旅籠では小僧の役割をして、母親を助けているとか。源之助と植村は顔を見合わせた。お由が子を産んでいれば、そのくらいの歳になる。

「では、先ほど話を聞いた小僧ではないか」

「名は違いますが、お由と歳は合いますね」

子どもの名に『蔵』という字をあてているのもそれらしい。にわかに気になる存在になった。

二

佐名木が下屋敷へ顔を出した。正紀は正国に異変があったかと焦ったが、それならば急ぎの使いが来るはずだった。

「これは、京様からでございます」

佐名木は重箱を差し出した。蓋を開けると、牡丹餅《ぼたもち》が入っていた。

「おお」

「お手ずからお作りになりました」

茶を運ばせ、早速食べることにした。

「美味いぞ」

佐名木にも勧めた。餡《あん》も京の手によって丸められた。

一つ味わったところで、佐名木は本題に入った。牡丹餅を届けに来たわけではない。

「児島らは、連判状を拵《こしら》えておりまする」

「何のだ」

すぐには意味が分からなかった。連判状という言葉に、仰々《ぎょうぎょう》しさを感じた。

「正紀様廃嫡の訴えでございます。ご本家の正甫様に出す模様です」

「正甫様はそれを正国様に見せて、圧をかけようというわけだな」

「さようで。正国様に見せるだけではないかもしれません」

「老中衆か」

児島が、正紀廃嫡の動きを始めたことは、分かっていた。青山にも声掛けをしたと聞いている。しかし今回はそれだけでなく、連判状という具体的なものを拵えていることに、驚きがあった。

「それともう一つ、井尻が署名したという噂があります」

「まさか」

もっと驚いた。揺れているという話は耳にしたが、署名となると事情が変わる。

「あやつ、廃嫡がなると踏んだのかもしれませぬ」

佐名木が口にした。正紀には信じがたい。融通の利かない者ではあったが、藩財政の立て直しのために共に励んできたことは明らかだった。

「あやつは、江戸在府の者でございます」

国許の高岡へは戻らない。妻子も藩邸内の御長屋で暮らしていた。親族は、高岡にいる。いつか国許に戻りたいと口にしていたことがあった。

「うまくいった場合には、児島は勘定奉行の役目を与えると話した模様でございまする」

署名をした者同士の会話を、佐名木の腹心が屋敷の御長屋で耳にした。近頃こそこそしていると感じて、様子を窺っていた。

それからもう一つ、正国の容態についても話をした。

「素人目には、ご快復なさったように見えますが、まだまだ安堵はできぬと医者が申しておりました」

藩医は毎朝夕、正国の脈を測っているが、ときに大きく乱れることがあるらしい。そういうときは怖いのだと告げられたとか。

正国は、痛みや苦しみを訴えない質《たち》だ。

「なるほど。まだ安心できぬな」

「はい。今朝も大きく乱れたとのこと」

「誰も気づかなかったのだな」

「殿は我慢強いゆえ」

正国は「これくらいは」と、堪《こら》えたのかもしれない。案じさせたくなくて、京や和には話さなかったのだと察せられた。

に話さなかったのだと察せられた。


「なお気をつけて見てまいります」

そう言い残して、佐名木は引き上げて行った。


同じ頃、宗睦は江戸城中奥御座所の上段の間で、将軍家斉に拝謁をしていた。十八畳の広さで、柱はすべて径《けい》八寸（約二十四センチ）の芯去材《しんさりざい》だった。襖には狩野探幽《かのうたんゆう》の筆による春の花鳥図が描かれている。

年末に孝子《こうし》と節婦《せっぷ》の褒章《ほうしょう》と、不行跡《ふぎょうせき》の旗本や御家人の処罰が行われた。その話をしていた中で、家斉は正紀のことを口にした。

「かねてより話に出ていた高岡藩の世子井上正紀のことだが」

「はっ」

将軍が、一万石の小大名家の世子を話題にすることは、極めて珍しい。宗睦は、少しばかり緊張した。話の内容が予想できたからだ。松平乗完や井上正甫が、蟄居謹慎をする正紀について、城内でしきりに話題にしていた。

「捕らえた盗賊から、あの者の名が出たと聞いた」

乗完が直に将軍に伝え、定信が廃嫡に同意していることは聞いていた。

大名たちの間で噂話が出るたびに、確証がないことを理由に宗睦は廃嫡に反対をしてきた。家斉は乗完の話を、聞き流すと考えていた。

「正国がこの度、隠居をいたす。使える者であったが、病では仕方がない」

「まことに」

隠居届が受理されることは、すでに決まっていた。正式には三月七日となることも、伝えられている。

「正紀とは伝通院《でんづういん》での剣術大会の折に会った。あれも使える者であるのは間違いない」

直参子弟を集めた剣術大会実施に至るまでの正紀の尽力について、滝川から聞いたと付け足した。そのために、被災した人足寄場《にんそくよせば》の修復も行うことができた。家斉は続けた。

「しかしな。確証がないとはいえ、そのような仕儀に至ったとあっては、世継ぎとするのはどうであろうか」

いかにも惜しいという顔だが、やむなしという気配が窺えた。

「盗賊などの申しように、耳を貸すことはないと存じまするが。上様のお耳を汚したことこそ問題でございまする」

暗に話をした乗完を批判した。宗睦は、誰が相手でもこの理屈で押し切るつもりだった。

「そうはまいるまい。一藩を束ねる者は、何人《なんぴと》が見てもふさわしい者でなければなるまい」

「……………」

何人とは、乗完ら老中たちを指していると受け取った。家斉も、潔癖なところがあった。

「加えて高岡藩内にも、正紀を世子から降ろそうという動きがあると聞いた」

これも乗完が伝えたらしい。宗睦は、正紀からの文で知らされていた。

「たわいもない、噂でございましょう。藩内でなした正紀の功績を疑う者はありませぬ」

逼迫《ひっぱく》した藩財政を立て直しつつあることを伝えた。

「それはそれだ。清水《きよみず》に墨を落とせば、黒い波紋は広がる。そのような中で跡を継ぐのは、難しかろう」

家斉は引かなかった。家斉は、一度言い出すと後に引かない質《たち》だ。宗睦もそれは分かっている。どう話したものか考えていると、家斉が再び口を開いた。

「三月七日までには、まだ少しだが間がある。それまでに、疑いの種を払拭《ふっしょく》いたさねばならぬ」

これが家斉の譲歩だと知れた。これ以上粘れば、癇癪《かんしゃく》を起こす。問題をかえってこじらせる。

「ははっ」

宗睦は、そう答えるしかなかった。

その翌日の夕刻前に、下屋敷に睦群が正紀を訪ねて来た。尾張藩上屋敷から、そのまま亀戸まで足を向けてきたという。多忙な睦群はすぐに本題に入った。

「厄介なことになったぞ」

正紀の顔を見ると、睦群は言った。宗睦が江戸城中奥御座所で家斉と交わした話の内容を、伝えられた。

「乗完のやつ、上様を籠絡《ろうらく》したようだ。もちろん定信や他の老中も、口出しをしているだろう」

睦群は顔を顰《しか》めた。決着の期限を、将軍に定められたことになる。睦群は家臣を寄こすのではなく、直々にやって来た。正紀はいよいよ追い詰められた気がした。

「いかがいたすか」

ともあれ、正紀はこれまで分かっていること、源之助と植村を取手まで行かせたことを伝えた。

「正棠や加瀬の配下も、取手へ向かったわけだな」

「はっ」

「二人だけで、大丈夫か」

と問われて、返答ができなかった。睦群は、もどかしいと感じているようだ。

「それがしも、取手に参りましょう」

蟄居謹慎の身で屋敷はもちろん、江戸を出るなどはとんでもない話だ。しかしぼやしてはいられない。

睦群も反対しなかった。

「お真砂という篠崎屋のおかみだが、生まれながらに取手の者か」

源之助は、小堀河岸の篠崎屋に近い旅籠の番頭に訊いた。源之助と植村にとって、お真砂と蔵吉が捨て置けない存在になった。

「いえ、違いますよ」

十年以上前に下総行徳から来た者だと番頭は耳にしたとか。

「本人が言ったのだな」

「私が聞いたわけではありませんが」

人を殺し、金を奪って江戸から逃げてきたとは言わないだろう。下駄屋の婆さんが知っているというので、そちらへ足を運び訊いてみることにした。

下駄屋に向かう途中、篠崎屋の前を通ったので、中を覗いた。三十をやや過ぎた年頃の女房がいて、出入り口の土間で、旅人と話をしていた。通りかかった男に源之助は確かめた。

「あれが、篠崎屋のお真砂だな」

「そうです」

　美形だが、気の強そうな顔つきだった。蔵吉は、以蔵には似ていなかった。母親似らしい。旅籠の外からでは、何を話しているのか分からない。旅人と話をしながら、お真砂は何度か笑顔を見せた。

　ともあれ一軒置いた隣の下駄屋へ行って、婆さんから話を聞く。蒸かし芋を求めて、それを手土産にした。威張った口は利かない。婆さんの顔には深い皺《しわ》があって、たくさんの染みがあった。

「お真砂さんは、ええと。そうそう十三年前に、身重で江戸から出てきたんですよ」

　婆さんは指を折って数えてから言った。

「ううむ」

　予想通りの言葉だ。お真砂はたまたま篠崎屋へ投宿した。

「ご亭主は花蔵《はなぞう》さんといって、三、四日してから顔を見せた。訳ありの人らしかった」

　駆け落ち者だと思ったらしい。宿に着いて安堵したのか、すぐに産気づき男児を産んだ。それが蔵吉だった。

「花蔵さんは、食わなくちゃあならないということで、稼ぎに出た。それなりの稼ぎをしてきたらしい」

そのおかげで母子は食うには困らなかったが、篠崎屋には逗留を続けた。先代の夫婦が母子の面倒をよく見てくれた。お真砂は動けるようになると、篠崎屋で働いた。

「あの人は、初めは人前に出るのを嫌がりましたけどね、働き者ですよ」

旅籠の主人夫婦は、すでに老年で子どもがなかった。お真砂と蔵吉を可愛がり、頼りにもしたらしい。

六年前に爺さんが亡くなった頃から、お真砂は表にも出て旅籠を切り盛りするようになった。さらにその四年後に婆さんも亡くなって、お真砂は女だてらに篠崎屋の主人になった。すでに先代主人夫婦の養女に納まっていた。

「花蔵は、どうしたのか」

「顔は見せていましたよ。一月《ひとつき》で帰ってくることもあれば、半年戻らないこともあったようだけど」

戻ってくれば旅籠のために働いた。町の溝浚《どぶさら》いにも出てきた。

もちろん下駄屋の婆さんは顔を知っている。会えば向こうから、挨拶をしてきたそうな。稼ぎは相変わらず悪くない様子で、その金で旅籠の修繕もした。薬種《やくしゅ》を商って諸国を廻っていると話したとか。

「近くでは、いつ戻ってきたのであろうか」

「あれは、元日だったかねえ。三が日もいないで出て行ったけど」

宮津屋で奪った金を運んできたのか。

「すぐに出かけてしまって、お真砂は苦情を言わなかったのか」

「言ったっていう話は聞いたけど、花蔵さんは聞かなかったらしい」

三兄弟が堅気になって、旅籠で働けばよかったのではないかと源之助は思う。けれども盗人稼業は、止められなかった。

「帰ってくるときは、一人か」

「たいがいそうですね。けど、弟だっていう人が二人いて、たまに一緒でした」

弟一人だけで旅籠を訪ねて来ることもあったとか。蔵吉は二人に懐いていて、遊んでもらったらしい。

「弟は、この数日で、顔を見せていないか」

「さあ」

見てはいないとか。

「でもおかしいですねえ」

婆さんが言った。

「何かあったんですか」

「昨日も、お真砂さんのことを訊きに来た人がありますよ。何かあったんですか」

関心を持った顔になった。

「藩の名は言えぬが、ちと面倒なことがあった。それでお真砂という者を捜していた」

当たり障りのないことを伝えた。

「それで訪ねて来たのは、どのような者か」

婆さんは植村にちらりと目をやってから口を開いた。

「旅の商人です。こちらのお侍さんのように大きな体の人が、一緒でした」

佐次郎と定吉だ。今日と同じようなことを問われたそうな。

「他にはどんなことを尋ねていたのか」

「お真砂さんがよく行く場所はどこか、と訊かれました」

なるほど、金の隠し場所かもしれない。

「何と答えたのかね」

「取手河岸の北に、先代までの菩提寺の長禅寺《ちょうぜんじ》があります」

取手界隈では一番の古刹《こさつ》だそうな。亡くなった先代夫婦の墓もある。

「よくお参りに行きます。律儀な人ですよ。世話になったという思いがあるからでしょう」

「ふん。律儀な者が、人を殺して金を奪うものか」

源之助は胸の内で呟く。園田らは、下駄屋の婆さんに問いかけをしていなかったようだ。下駄屋を出たところで、源之助が植村に言った。

「佐次郎らは、長禅寺へ行ったでしょうね」

「ええ。そこに金を隠していると、考えたのではないでしょうか」

ありえないことではない。建物や墓など、適した場所はありそうだ。律儀に墓参りに行くというのも、金が隠されているからかと勘繰ってしまう。

「まだ取手にいるようですから、佐次郎らは、お宝の隠し場所を突き止めていないことになりますね」

お真砂がお由であることは、間違いなさそうだ。源之助と植村は、長禅寺に向かうことにした。

四

水戸街道の取手宿は、利根川に並行して建物が並んでいる。長禅寺は小高い丘の上にあるので、堂宇《どうう》の屋根が目立った。目を引く建物だ。

寺に向かって歩きながら、源之助と植村は話をした。

「お真砂と名を変えたお由は、以蔵が運び込んだ金子を、篠崎屋に隠しているのでしょうか。それとも他のどこかでしょうか」

「篠崎屋に置けば、人の多い旅籠ならば、襲われにくいと思いますが」

「しかし付け火でもされたら、運び出しにくいですよ」

源之助は篠崎屋に置いてはいないと考えている。寅蔵は、持ち出すまで旅籠に逗留するだろう。

町家を通り過ぎて、寺に続く石段を上って行く。

取手は町の者だけでなく、近隣の百姓たちも暮らしの品を求めたり、気晴らしをするために足を運んできたりする。人の出入りが多い分だけ銭が町に落ちる。そうした人々の心を支える寺社の厳《おごそ》かさは、江戸に劣らないものがあった。

石段を上り切ると、見事な山門が現れた。潜ると重厚な本堂が聳え立つ。遠くから見たときよりも、壮麗な印象だった。

右手に三世堂《さんせどう》と呼ばれる栄螺堂《さざえどう》様式の観音堂《かんのんどう》が目を引く。鐘楼《しょうろう》があって、本堂の右手に庫裏《くり》が建っている。本堂の左手奥には手洗い場である東司《とうす》があって、さらに奥には檀家の墓が広がっていた。

境内はしんとしていて、数人の参拝客の姿があるばかりだった。二人は東司で用を足した。茅葺《かやぶ》きの古い建物だが、由緒《ゆいしょ》ある寺らしく天井《てんじょう》も高くて重厚な造りだった。

「雪隠《せっちん》にするには、もったいない代物ですな」

植村が言った。

境内を掃除している若い僧侶に、源之助が声をかけた。

「ええ。篠崎屋のおかみさんならば、よくお見えになります」

お真砂を覚えていた。

「篠崎屋さんのご先代の月命日には、必ずお参りにおいでになります」

子どもを連れてくることもあるが、一人きりのこともある。亭主の花蔵と一緒のこともたまにあった。

「旅の商人と、体の大きな者が訪ねて来なかったか」

源之助は植村に目をやってから訊いた。

「いらっしゃいました。つい、昨日のことです」

佐次郎と定吉なのは、間違いない。お真砂について尋ねたらしい。

「どのような問いかけをしたのか」

「お参りの様子です。それから、お由という人は来ないかと訊かれました」

それは源之助も知りたいところだ。

「お由さんという方は、うちの檀家の中にはおいでになりません」

篠崎屋の墓の場所を聞いて、そこへ行った。萎《しお》れかけた花が、そのままになっていた。

「四、五日前に来た、といったところですね」

「まさかここに、小判を隠しちゃあいないでしょうね」

植村は体を屈めて、墓を検めた。何かの痕跡がないかとの気持ちだろう。

「掘り起こした気配はありませんね」

源之助も目を凝らした。周辺を見回しても墓が並ぶばかりだ。すでに夕暮れどきで、墓地には薄闇が這い始めていた。

「まさか他所《よそ》の墓には入れないでしょう」

「掘り起こされたら、終わりですね」

頷いた源之助は、墓所の端に墓守のものらしい小屋があるのに気がついた。竈《かまど》から煙が上がっている。

行ってみると六十過ぎの老爺《ろうや》が雑炊の鍋を火にかけていた。問いかけると、やはり老爺は墓守だった。

雑炊のにおいを嗅いだ植村の腹の虫が、ぐうと鳴いた。

「食いたいか」

墓守が言った。

「いいのか」

「一人二十文ずつだ」

どうせ宿場のどこかで夕餉《ゆうげ》をとらなくてはならない。源之助が四十文を払った。雑炊は狸汁で、思いがけず美味かった。

「これも飲むか」

どぶろくを振る舞われた。

源之助は飲まないが、植村は強くないが勧められれば飲んだ。源之助は食べながら問いかけをした。

「篠崎屋のお真砂を知っているか」

「ああ、花蔵の女房だな」

源之助は、墓守の言い方が気になった。花蔵は、たまにしか姿を見せないはずだ。月命日に姿を見せるのは、お真砂の方ではないか。

「花蔵を知っているのか」

と尋ねると、墓守はどぶろくをごくりとやって答えた。

「ああ、銭を貰っているんでな」

「何のための銭かね」

「墓の掃除をしてやるからさ」

わずかに戸惑う様子を見せてから言った。花蔵は、寺への寄進もしているとか。

「正月に来た。そのときも銭を貰った」

五匁銀一枚だと付け足した。事実かどうかは分からない。

「何か、特別に用を頼まれたことはないか」

「さあ、ないねえ」

さして考えもせずに答えた。

「お真砂は、最近ではいつここへ来たか」

これを訊いたのは植村だ。

「それは」

またどぶろくをごくりとやった。酒が好きらしい。ぐいぐい飲み続ける。唇についた酒を手の甲で拭い、舌を出して舐めた。

「四、五日前だな」

墓に供えられていた花は、そのときのものらしい。

「その前は」

「あれは一月の終わり頃か」

正確に思い出させると、鹿島屋を襲って以蔵が捕らえられた四日目の夕方だった。

「あのときは、墓よりも本堂の方を長く拝んでいたっけ」

お真砂は一人でやって来た。先代の月命日ではなかった。

「以蔵がどうなったのか、知っていたのでしょうか」

植村が囁《ささや》いた。江戸での事情を知って、夫の身を案じての参拝だと受け取れる。

心を繋げているのならば、命を失うことへの虞《おそれ》や悲しみは大きかったに違いない。

誰にも告げられないから、寺へやって来た。

その間にも、墓守はどぶろくを呷《あお》っていく。げっぷをした。たらふく飲んだからか、船を漕ぎだした。

「もし以蔵が捕まったことを知っていたとしたら、寅蔵が伝えたのでしょうね」

「ええ。となると寅蔵は、取手のどこかにいるはずです」

今のところは、その姿を見かけない。お由ことお真砂に以蔵捕縛を知らせた後、いったん取手から出たとも考えられる。

「捕り方が来るかもしれないと、他のどこかへ身を潜めて、様子を見ているのでしょうか」

寅蔵の顔は、捕り方に知られた。お由の居場所は、間違いなく探られる。取手に辿り着かないとは限らない。

江戸から逃げた直後にやって来たとしても、長居をした気配はなかった。

「佐次郎や園田らも捜しているに違いありません。寅蔵が捕まって余計なことを喋られたら、やつらも大変なことになりますから」

「ならば容易くは、姿を見せないかもしれませんね」

見つかれば、さっさと始末されることになるだろう。

「確証は持てなくても、お真砂がお由だという見当はつけていますよ」

だからこそ、佐次郎と定吉は長禅寺まで出向いた。

「東雲屋や園田らが、お由の居場所が取手だと知るのに、手間取ったと思われます」

「隠し金のこともあるので、以蔵もはっきりとは言わなかったでしょうからね」

「耳にした様々な言葉の端から、浮かび上がらせたのでしょう」

酔って寝込んでしまった墓守を残して、源之助と植村は長禅寺を出た。お陰で腹はくちくなった。

「どこへ泊まりましょう」

二人で話して、三好屋をいったん引き払い、お真砂母子のいる小堀河岸の篠崎屋に泊まることにした。

五

「ようこそ、お越しくださいました」

お真砂は、源之助と植村を旅籠のおかみらしい愛想《あいそう》の良さで迎え入れた。

「数日、逗留したい」

今は問いかけはしなかった。様子を見ていれば、分かってくることもあると考えた。警戒されては、調べもしにくくなる。

大部屋の入れ込みが中心だが、二人だけの一室を取った。表の通りに面した部屋を希望した。利根川に面していて、船着場や表通りがよく見える。篠崎屋は四つの個室と二つの大部屋を備えていた。

旅装を解いた植村が言った。

「佐次郎らは小堀河岸の旅籠鶉屋で、園田は取手宿の大橋屋という雑穀問屋に投宿します。笠原は、どこに投宿するのでしょうか」

佐次郎らの動きはある程度窺えたが、園田と笠原の動きがまったく知れない。笠原に至っては、取手に来ているのかどうか、それさえ摑めていなかった。

宿の女中に尋ねたが、篠崎屋に投宿している武家は、土浦《つちうら》藩土屋《つちや》家の家臣だけだった。偽名を使うこともあるので、念のため顔を検めた。園田でも笠原でもなかった。

翌朝は、暗いうちから起きて、二階の部屋から障子《しょうじ》を一寸（約三センチ）ばかり開けて、通りに目をやった。

「お由を探るつもりならば、園田や佐次郎らは必ずやって来ます」

源之助も植村も、佐次郎と定吉の顔は知らない。けれども定吉の体は目立つ。

「下手に動くよりも、それがよさそうですね」

源之助の提案に、植村が応じた。交代で見張りをすることにした。旅籠の朝は慌ただしい。旅人を見送る番頭や女中の声が、二階にいても聞こえてきた。

船着場では、荷運びが始まる。通りには駕籠《かご》や人や荷を運ぶ馬の姿も見えた。草鞋《わらじ》や菅笠《すげがさ》、握り飯を売る振り売りが呼び声を上げた。

植村が見張っている間、源之助は建物の裏手にある庭に出た。薪割《まきわ》りをしている音が、響いていた。斧《おの》を手にしているのは、蔵吉だった。

見事に割ってゆく。

「なかなか手馴れているではないか」

手際のよさを、褒めてやった。

「いやあ」

蔵吉は恥ずかしそうな顔をした。まだ子どもだ。

「こつを、誰に教わったのか」

要領が悪いと、見事には割れない。響くよい音も出なかった。

「おとっつぁんに」

言ってしまってから、困ったという顔になった。

「おとっつぁんは見かけないようだが、稼ぎにでも出ているのか」

「まあ」

「会いたいだろう」

源之助はあえて言ってみた。

「それほどでもないですけど」

無理をしている。源之助は口ぶりから、父親を嫌ってはいないと感じた。以蔵は非情な極悪人だが、倅は可愛がったのかもしれない。

「おとっつぁんは商いに、精を出しているのであろう」

「そうだと思います」

蔵吉は問われるままに答えているが、父親のことを隠そうとしているわけではなかった。また父親について、後ろめたい気持ちを抱えている気配もなかった。父親である花蔵を各地を巡る商人だと本気で信じているようだ。

「この子がお由の腹に宿らなかったら、状況は変わったかもしれない」

源之助は思った。房川屋から出されることになった以蔵は、主人一家に、強い恨みや怒りがあったのは間違いない。居心地のいい場ではなかったと聞いた。しかし五十両を奪い、主人を殺すはめになったのは、お由の腹に子がいたからではないか。

以蔵はすべてを失っていたが、お由を無事に出産させ食べさせていかなくてはならなかった。婚家を追い出された婿を受け入れる店などは、よほどのことでもなければない。

「おとっつぁんに連れて行ってもらった場所はないか」

源之助は蔵吉が正直に答えると思った。

「墓参りだね」

これは長禅寺の若い僧侶からも聞いた。

「他には」

「八坂《やさか》神社の祭りへ行った」

長禅寺とは水戸街道を隔てた反対側にある、取手の総鎮守《そうちんじゅ》だ。花蔵がやって来たとき、たまたま祭礼の最中だったらしい。

「おっかさんは行かなかったのか」

「祭礼のときは、旅籠は大忙しだから」

旅人だけでなく、近隣の村からも人がやって来る。

「どんな話をしたんだ」

「いろいろしたと思うけど、おいらは七つのときだった」

「何か、買ってもらったか」

この問いかけには、顔をほころばせた。

「うん。露店でね、貝独楽《ばいごま》を」

巻き貝の殻で拵えた独楽で、桶の上に筵を敷いて、その上で独楽同士をぶつけ合って遊ぶのだそうな。

「おとうの買ってくれた独楽は、強かった」

「それは何よりだったな」

「でも、あんまりやらなかった。負けたら取られちゃうからね」

大事にしていたらしい。

「今でも、取ってあるのか」

「あります」

「見せてみろ」

蔵吉は中に入ると、しばらくして取ってきた。三つだ。独楽にふさわしい、いい形をしていた。皆よく磨かれていて、日に当てると光が跳ね返った。父親の形見になる品だ。

このときだ。植村が裏庭に姿を現した。目で合図して、旅籠の出入り口の腰高障《こしだかしょう》子《じ》の内側に向かった。

外に目をやっている。

「園田と笠原が現れましたぞ」

源之助も、腰高障子の内側から目をやった。植村が指さした先に、二人の侍が、篠崎屋へ目を向けて立っていた。

笠原が、近くの商家の手代に問いかけをした。

ただ店の前には、長くいなかった。また別の場所へ向かうらしい。源之助と植村は、深編笠を被って二人の後をつけることにした。

園田と笠原は、上流の取手河岸の方へ歩いて行く。

園田と笠原が向かったのは、長禅寺の門前町だった。商家で聞き込みを始めた。花蔵やお真砂の動きについて、尋ねているらしい。源之助らもやろうとしていたことだ。問いかけを続ける園田らの様子では、お真砂はこのあたりには関わりを持っていないようだった。

つけていて、笠原がちらと背後に目を向けた。植村は慌てて木看板の陰に隠れた。巨漢だから目立つ。気をつけなくてはならなかった。

聞き込みを終えたのか、園田は大橋屋へ戻った。笠原は、卯平《うへい》屋という干鰯〆粕魚油問屋へ入った。卯平屋の小僧に訊くと、銚子の東雲屋の品を仕入れている店だと分かった。

六

翌日も源之助と植村は、篠崎屋の二階から下の通りに目をやっていた。佐次郎らにしても、園田と笠原にしても、お真砂がお由だとは気がついている。万一、夜に襲ってこないとも限らないので、刀は枕元に置いて寝た。

寅蔵が訪ねて来ることも考えられた。しかし何事もないままに、夜が明けた。

「とはいえ、今後何事もないわけがない」

と源之助と植村は踏んでいる。特に注意すべきは、お真砂の動きだ。外を見張るのは植村で、お真砂の様子を探るのは源之助の役目にした。

まだ寅蔵の姿を目にしていないが、お真砂が金を隠し持っている限りは、必ずこの地へ来るはずだった。

不審な者はいないか、目を光らせる。通り過ぎるだけの者にも、気を許さない。荷車や人の足音が響く。

「動いている方が、楽ですね」

植村が漏らした。何事もないまま夕刻になった。長い一日だった。

源之助が井戸端で、見るともなくお真砂の様子を窺っていると声がかかった。

「お侍さん」

空からだ。見上げると木に登った蔵吉だった。だいぶ高いところにいる。

「危ない」

と思ったが、蔵吉は怖がる様子もなく器用に降りてきた。身軽なので驚いた。

「木登りは、得意か」

「まあね。たいていのところならば、登れるよ」

そして今度は蔵吉が問いかけてきた。

「お侍さんが出かけないのは、誰かが来るのを待っているんですか」

気になったらしい。あるいは誰かに、訊いてみろと言われたのか。それはお真砂か寅蔵かと、源之助はつい勘繰ってしまう。

「おまえは、おとっつぁんを待っているのであろう」

答えないで、話題をそらした。

「まあ」

やや寂しげな表情だ。こちらを警戒する気配は感じない。

「叔父ごはそろそろ、顔を見せるのではないか」

「うん。そうだね」

迷いの口調で、蔵吉の目が泳いだ。会ったことを、話すなと言われているのかもしれない。こちらは注意して見張っているが、気がつかないでいる。巧妙に連絡を取り合っているのかもしれなかった。

「昨日は、おとっつぁんと八坂神社へ行った話をしたな」

思い出して、口にした。昨日はさらに訊こうとして、園田らが現れたことで中断した。

「神輿《みこし》や露店を見ただけでなく、お参りもしたのだな」

「はい。拝殿の裏手に、太子堂《たいしどう》があります。そこでお参りをしました」

不動明王《ふどうみょうおう》と弘法大師《こうぼうだいし》が祭られているお堂だそうな。そもそも八坂神社は、西照寺《さいしょう》の境内にあるといってもよかった。長禅寺へ向かった際に、鳥居を見た。その概要は、近所で聞いた。

「そこへは、おっかさんとも行ったことがあります」

「なるほど」

何か因縁があるならば、そこも隠し場所にするかもしれない。一度確かめてみる必要がありそうだった。

「その話を、誰かにしたか」

「昨日、旅の商人の方が来て、訊かれました」

「一人は、体の大きい者だな」

「そうです。ご一緒のお侍さんかと思いました」

源之助と植村が、園田らをつけていた間だろう。

源之助は、西照寺の太子堂を見ておこうと思った。源之助は植村に声をかけ、二人で向かった。

「やつらも隠し金の場所を捜しているならば、こちらと同じことを考えるかもしれませぬな」

深編笠を被り、八坂神社の鳥居近くまで行った。

「おおっ」

そこで目にしたのは、旅の商人と巨漢の後ろ姿だった。佐次郎と定吉に違いない。

太子堂の周りには銀杏《いちょう》があって、人気はなかった。商人と巨漢は、太子堂の傍に寄ると、建物を検め始めた。それで二人の顔が見えた。

だがこのとき、背後に人の気配があった。いきなり近づいてきた。源之助と植村は振り返った。

覆面の侍二人が現れ、刀を抜いた。何も言わない。問答無用で、斬り捨てようという腹だ。

「園田と笠原だな」

源之助と植村も刀を抜いた。相手はためらう気配もないまま斬りかかってきた。邪魔者は消すという腹か。佐次郎と定吉も、長脇差を抜いた。四人が相手では、さすがに分が悪い。

「たあっ」

気合の入った一撃を、源之助は受けた。こちらの肩先を狙っていた。源之助は横に跳びながら、これを払った。その切っ先で、目の前の相手の肘《ひじ》を突いたが躱《かわ》された。

こちらの動きを、見抜いていた。

敵も刀の動きを止めずに、小手を打ってきた。

「おのれっ」

やっとのことで払った。動きが寸刻遅かったら、やられていた。それで二つの体が、交差した。すれ違いざま肩がぶつかっている。

一足一刀《いっそくいっとう》の間合いで、向かい合った。ちらと横に目をやると、植村が侍と対峙《たいじ》している。追い詰められている気配だった。助太刀したいが、とてもできない。

風を斬って、相手の刀身が迫ってきた。源之助のよそ見を、隙と受け取ったらしかった。二の腕を狙っている。

源之助は前に出ながら、刀身を相手の刀身にぶつけた。がりがりと、刀身が擦れ合う音を立てた。

そしてほぼ同時に、互いが刀を引いた。きりがないと察せられたからだ。とはいえ、至近の位置にいることは変わらない。

源之助は切っ先を相手の胸に向けて突き出した。動きに無駄はなかった。

相手の刀身が、源之助の切っ先を払った。次の攻撃に出ようとしたとき、「うわっ」という叫び声が上がった。

植村のものだと分かった。源之助は攻撃を止めて、身を後ろに引いた。そして声がした方に目をやった。植村が、右肩から袈裟《けさ》に斬られたところだった。

そのまま、植村は前のめりに倒れた。斬った侍は近寄り、止《とど》めを刺そうとしていた。

「くそっ」

間に入りたいが、目の前には敵がいた。今にも打ちかかってこようとしていた。身動きが取れない。

もうどうにもならないと思った。そのとき、止めを刺そうとしている侍に、躍りかかっていった者がいた。刀身を閃《ひら》めかせている。刀身を払わなければ、賊の侍は間違いなく殺される。

それくらい勢いがあった。

「うぬ」

侍は、振り下ろされた刀身を払った。高い金属音が鳴った。間に入ったのは、深編笠の侍だった。植村の命はとりあえず救われた。

確かな刀身の動きだった。わずかでも遅れていたら、植村は止めを刺されていただろう。

賊の侍は、助っ人の侍を強敵と見たらしい。するすると身を引き、走り去った。源之助の相手をしていた侍も同様だ。佐次郎と定吉も、いつの間にか姿を消していた。

「しっかりしろ」

深編笠の侍が倒れた植村に声をかけた。駆け寄った源之助は、それが正森だと気がついて驚いた。

第四章　東司

一

源之助は、倒れた体に手を触れた。濃い血のにおいが鼻を衝《つ》いてきた。ぴくりとも動かない。

「植村殿」

体を揺すろうとすると、強い力で肩を摑まれた。

「狼狽《うろた》えるな」

耳元でどやされた。

「まだ生きている」

正森が言った。顔を近づけると、微かに息をしているのが分かった。源之助の心の臓が早鐘《はやがね》を打った。

「はっ」

「人を呼び、戸板の用意をさせろ」

弾かれたように、源之助は駆けた。社務所へ行って、襲撃に遭ったことを伝えた。早い動きが、植村の命を救う。

「これは一大事」

神官らが戸板を用意して、医者へ運んでくれた。境内での流血沙汰《ざた》は迷惑だろうが、急いでくれた。戸板に乗せて運んでいる間にも、傷口から血が滲《にじ》んできた。神官は、新しい晒で傷口を押さえた。

気がつくと、正森の姿はなくなっていた。

医者は、宿場では名医と評判の中年の蘭方医《らんぽうい》だった。源之助は、手当てが済むのをじりじりしながら待った。

その間に宿場役人が現れて、事情を問われた。詳細は伝えられない。

「参拝をしていたところ、いきなり賊に襲われた。物盗《ものと》りの仕業《しわざ》であろうか」

「相手の顔に、見覚えはなかったのですね」

「なかった。顔に、布を巻いていたゆえ」

それで済ませた。相手は不明だが、こちらの二人は高岡藩士であることを伝えた。藩の用で、取手に来たと話した。それを宿場役人がどこまで信じたかは分からないが、念入りな問いかけをしてくることはなかった。武家同士の争いに、関わりたくないと考えたに違いない。

少しして、手当てを終えた医者が姿を見せた。

「達人の手でばっさりやられていますな。しかしあの御仁《ごじん》は肉も厚かった。並みの者ならば駄目であろうが、今夜持てば助かるのではないですか」

と告げられた。ほっとはしないが望みは残った。

源之助は植村の枕元に座った。浅い息遣いが心もとなかった。日頃は浅黒く見えた肌の色が、色が褪《さ》めたように感じられた。痛みがあるのか、時折顔を歪める。高い熱が出ていた。濡らした手拭いで、額を冷やし続けなくてはならない。

載せた手拭いは、すぐに熱を帯びた。

それにしても、正森が現れたのは驚きだった。お陰で助かった。自分だけでは、植村は止《とど》めを刺されたことだろう。いや、それだけではない。源之助までやられていたかもしれなかった。

敵はなかなかの腕前だった。一人では、とても太刀打ちできなかった。

正森がこの場から姿を消したのは仕方がない。身元を告げることができない立場である。植村の快復を祈った。

小鳥の囀《さえず》りを耳にして、源之助は目を覚ました。植村の枕元にいて、いつの間にか眠ってしまった。外は薄明るくなっている。

慌てて植村の鼻に耳を近づけた。息がある。

「ああ、生きている」

胸を撫で下ろした。生まれてこの方、こんなにほっとしたことはない。

医者が口にした一夜を、持ちこたえることができた。昨夜よりも、確かな息遣いになっている。

明るい日の光が部屋へ差し込んだところで、植村は目を覚ました。動こうとして、顔を顰《しか》めた。そして枕元の源之助を見上げた。

「め、面目《めんぼく》ない」

聞き取りにくい声で、そう告げた。

「何の」

植村は再び眠りに落ちた。源之助の胸にあった虞《おそれ》はまだ消えないが、小さくなった。

井戸へ行って洗面をした。顔を拭いたところで、ため息が出た。胸に痛みもある。

江戸で待つ正紀の顔が頭に浮かんだ。

まだ何も摑めないでいる。挙げ句の果てに、植村には重傷を負わせてしまった。このままでは、正紀の蟄居謹慎はどうなるのか。

「取手まで、わざわざ何をしに来たのか」

源之助は、己を責めた。これからは、自分一人だという気持ちもあった。すると、どこからともなく深編笠の侍が寄ってきた。

園田らかと思ったがそうではない。殺気を感じなかった。

「植村の具合はどうか」

声で正森だと分かった。

「昨日はかたじけなく」

源之助は礼を口にした。そして「ああ、この人がいた」と胸の内で呟いた。一人ではないと分かると、気力が湧いた。以前は頑固で冷ややかな人物だと思っていたが、今は違う。

「これから、どうする」

「それは」

妙案などない。迷うことばかりだ。まともに正森の顔を見返せない。すると正森が言った。

「わしはあれから、ここの河岸場にある大橋屋へ行った」

大橋屋が、下妻藩に出入りする雑穀問屋だと知っていた。源之助がおろおろしていた間に、調べたらしい。

「園田は、あの後どうしたのでしょうか」

「昨夜は戻っておらぬ。今朝になってもな」

ここで源之助は、取手に来て調べた仔細を伝えた。正森は笠原の宿は知らなかったようだ。すべて聞き終えた正森は言った。

「あの者が卯平屋へ戻ったかどうか、検めてまいれ」

「はっ」

大橋屋と卯平屋は、おなじ取手河岸にある。留守の間、植村は正森に看てもらうことになった。

「笠原様は、昨日のうちにお発ちになりました」

卯平屋の小僧に訊くと、そういう返事だった。どこへ行ったかは分からない。

すぐに医者の家へ戻った。

「うむ。そなたらが投宿先を突き止めたと用心したのであろう。おそらく佐次郎と定吉も旅籠には戻っていまい」

「どうするのでしょう」

「いよいよ、お由に当たるのではないか」

「では、それがしは篠崎屋に戻りまする」

植村のことが気になるが、お由を放ってはおけない。

「それがよい」

正森は、源之助が卯平屋へ出かけている間に、医者に金子を与え看病を依頼していた。これで心置きなく役目にかかれる。

「それにしても、寅蔵の動きが読めぬな」

正森が言った。まったく姿を現さない。ただこちらより土地鑑はあるだろうし、お真砂と連絡を取ることもできる。

「蔵吉の反応から、篠崎屋を訪ねているのではないかと存じますが」

「ともあれその方は、篠崎屋へ戻るがよかろう。あやつらが、何かしでかす前にな」

「はっ」

そして正森は顔を寄せ、小声になって言った。

「正紀が、この地へ来るやもしれぬ」

「まことに」

心強い気持ちがすると同時に、蟄居謹慎はどうするのかと案じられた。ただ一度決めたら、正紀は必ず来るだろうと思った。

とはいえ正紀は、ここでの調べについては何も分かっていない。まだ知らせの文を送っていなかった。

正紀が取手に来たら、濱口屋幸右衛門が紹介した旅籠三好屋へは顔を出すだろうと源之助は考えた。正紀の名は出さず、高岡藩士の誰かの名を告げるだろう。源之助はこれまでの事情を記した文を書き、三好屋の番頭に預けることにした。

二

時は戻る。

睦群が高岡藩下屋敷から引き上げた後で、正紀は青山と高坂を部屋へ呼んだ。家斉自らの言葉で期日を切られたのは、衝撃だった。

正国の隠居は、三月七日と決まっている。今日は二月十一日だから、もう一月《ひとつき》を切っていた。

「上様を動かすなど、とんでもない話でございます」

事情を聞いた青山は顔を曇らせた。

「浦川と正棠が、乗完様の尻を押しているわけですね」

高坂は、怒りを言葉に滲ませている。家斉が出てくれれば、宗睦でも止められない。

「取手は、どうなっているのでしょうか」

高坂が不安気に続けた。

「そこで、おれも出向こうと思う」

正紀は考えを伝えた。蟄居謹慎になる前も、裏門から旅に出ることはあった。病と称して、家臣との面会も断った上でだ。だから青山は驚かない。

「謹慎中でもでございますか」

高坂は仰天した。

「もちろん、極秘だ」

「はあ」

源之助と植村だけでは厳しいと、高坂も感じるようだ。

「ただ、気になることがございます」

「何か」

正紀は高坂に顔を向けた。

「下屋敷を、折々見張る者がいるそうです」

今日、中間《ちゅうげん》から聞かされたそうな。高坂はすぐに門から出て屋敷の周辺を見廻ったが、そのときは不審な者は見当たらなかった。

「どのような者か」

「黒羽織の着流しだそうで」

「同心ならば、塚本昌次郎か」

以蔵に合わせて、正紀と植村を追い詰める証言をした南町奉行所の定町廻り同心だ。

青山が不快そうな顔で頷いた。

「東雲屋が、また袖の下を与えたか」

外出に気づかれたら、これ幸いと、やつらはすぐ動くだろう。

「しかし取手を、そのままにはできぬぞ」

「いかにも」

二人は頷いた。

「青山は供をいたせ」

「ははっ」

高坂も、同道したいと片膝《かたひざ》を乗り出した。旅にも慣れている。

「その方は、江戸へ残れ」

「いや、それは」

不満そうな顔になった。役に立ちたいという気持ちが面《おもて》に出ている。しかし役に立つとは、旅に出るだけではない。

「おれは病で、部屋から出ぬことにする。人が訪ねて来た場合には、誰であろうと追い返さねばならぬ」

これは重要な役目だ。高坂は怪我も治りつつあるが、完治はしていない。上屋敷では、佐名木と京が度々役目を果たしてくれていた。

「下屋敷では高坂、その方に当たってもらわなくてはならぬ」

もちろん、他にも正紀を信奉《しんぽう》する藩士は詰めている。しかし四十九歳の高坂は、腹が据わっている。

「分かりました」

高坂は、役割を納得したらしかった。すぐに青山は出かけ、濱口屋幸右衛門を訪ねて、翌日正午前に出る関宿行きの船に乗せてもらえるように話をつけてきた。

その出立《しゅったつ》の朝、浜松本家の浦川から、正紀宛てに文が届いた。

「何事か」

魂消た。浦川からの文など、これまでただの一度も来たことはなかった。何かの企みが潜んでいると、まず考えた。

傍には青山と高坂がいて、その前で正紀は封を切った。文字を目で追う。まずは時候の挨拶があり、謹慎の律儀さを讃《たた》えている。用件はその後だ。

「何を言ってきたのでございましょう」

正紀が読み終えたところで、青山が不快そうに問いかけてきた。

「うむ。浦川は、おれの無聊《ぶりょう》を慰めるために、明後日、酒を持参する使者をこちらへ寄こすのだそうな」

「何と。それは無聊を慰めるのではなく、見張りに来るということではございませぬか」

「いかにも。親切ごかしの、物言いではないか」

青山と高坂がいきり立った。その気持ちは、正紀も同じだ。向こうの企みで謹慎しなくてはならないはめになった。

「そうなると、下屋敷にいないわけにはまいらぬのでは」

青山は案じ顔になった。酒を持って来るのは浜松藩の重臣だろうから、会わないわけにはいかない。

「それはそうだが、取手のことが気になるぞ」

正紀の本音だ。日は、容赦なく過ぎてゆく。取手で、とんでもないことが起こっているかもしれない。

一日でも早く、江戸を発ちたいところだ。

「かまわぬ。取手へ参る。病だと断りの文を送れ」

「ははっ」

「今後も何か言ってくるかもしれぬが、それで通せ」

命じられた高坂は、緊張した顔になった。役目の重さを、ようやく悟った様子だった。

正紀は上屋敷の京宛てに、旅に出るに至った経緯を文に記した。もちろん、正国と和、孝姫を頼むという一文も忘れない。文は高坂に持たせた。

旅支度ができると、屋敷の周辺を高坂に検めさせた。裏門から出るつもりだが、それでも念を入れた。

「黒羽織の同心がいます。裏門近くには、手先らしい者の姿もあります」

駆け戻ってきた高坂が言った。

「塚本ではないでしょうか」

以蔵と共に、正紀に罪を着せるような発言をした同心だ。昨日も中間が姿を目にしていた。

「おのれ」

このままでは、濱口屋の船に乗り遅れる。荷船は、荷を積むのが本来の役目だ。人を乗せるのはついでのことである。正紀が来なくても、刻限になれば荷船は出ると告げられていた。

様子を見ることにした。

「まだいるのか」

苛立《いらだ》つ気持ちを抑えながら、いなくなるのを待った。一刻ほどして、ようやくいなくなった。正紀と青山は、ようやく下屋敷を出た。家臣をもう一人付けた。もしつけて来る者がいたら、その邪魔をさせるためだ。

正紀と青山は駆けた。仙台堀の河岸場が見えるところまでやって来た。

「ああっ。荷船がありませぬ」

青山が声を上げた。停まっているはずの濱口屋の荷船は、出航した後だった。

「くそっ」

濱口屋の関宿行きの船はもうない。翌朝出る、他の店の荷船があるというので、それに乗るしかなかった。幸右衛門が口を利いてくれた。

翌朝、正紀と青山は、繰綿《くりわた》を積む荷船に乗り込んだ。船乗りたちには、二人の身分は伝えていない。

今度は、邪魔をする者はいなかった。船は、順調に進んだ。

関宿には、夜中に着いた。翌早朝、銚子へ向かう荷船に乗り込んだ。下り塩を積んだ荷船だった。

取手に着いたのは、正午になろうかというあたりだった。深編笠を被って、正紀と青山は船着場に降りた。二人にとっては、初めての土地ではない。

相変わらず活気のある河岸場だ。船着場の近くには、屋根の高い納屋が軒を並べている。人足の数も多い。

「高岡河岸がこうなれば、藩士領民も潤《うるお》うのだが」

これは正紀の宿願だった。高岡河岸にある納屋は五棟だけで、できればさらに増やしたい。人足仕事を請け負う村の者には日銭が入る。村が潤うのは、藩にとっても望ましいことだ。

周囲に目を凝らした後、旅籠三好屋へ入った。高岡藩を名乗ると、番頭が源之助らの書状を差し出した。

三

正紀が江戸を発った日の午後、源之助は正森と共に小堀河岸の篠崎屋へ戻った。すると旅籠の様子がおかしかった。お真砂の姿が見えないだけでなく、奉公人たちが落ち着かない。

「どうしたのか」

宿泊を告げた正森が、番頭に問いかけた。

「蔵吉さんの姿が、四つ（午前十時）あたりから見えないんですよ」

旅籠は客がいなくなれば、掃除さえ済めば暇になる。遊びに行くことは珍しくない。いつもは腹が減れば帰ってきた。

ところが今日は姿を見せないのだそうな。

お真砂はしばらく待っていたが、痺れを切らして捜しに出かけた。

「おかみは、攫《さら》われたとでも思ったのか」

遊びに夢中になった子どもが、帰りが遅くなるなど珍しくないだろう。それでもわざわざ捜しに行くのにはわけがありそうだ。

「そうかもしれません」

困惑顔の番頭は答えた。

「攫われるような心当たりが、あるのか」

「思いつきませんが」

番頭は首を捻った。

「おかみに、ここのところで変わったことはなかったのか」

正森は案じる顔になって尋ねた。

「そういえば、この数日は落ち着かないようで」

客には見せないが、いつもとは違う様子があったらしかった。

「叱られることが多くなったとか、考え事をしていることが多くなったりしたのではないか」

「はあ」

番頭は否定しなかった。正森は、答えやすいように問いかけをしてゆく。

「一月の下旬あたりからだな」

「まあ、そんなところで」

鹿島屋が襲われた数日後に、お真砂は長禅寺の墓と本堂で、長いお参りをしていた。これは墓守から聞いた話だ。そのとき以蔵が捕らえられたのを知ったのだと、源之助は推察していた。

外から見ている限りでは、心の動きは窺えなかったが、何もなかったわけがない。ただ人には言えない過去を持つ者は、心の動きを隠すのがうまいのかもしれない。

「以蔵が捕らえられたのは衝撃だとしても、同時にお真砂は、隠した金のことが頭に浮かんだのではないか」

番頭から離れたところで、正森は言った。

「知っていれば、金を狙ってくる者はいると考えたでしょうね」

「できるだけ話が漏れぬよう、寅蔵にすら場所を教えておらぬのではないか」

教えていたら、異なった動きがあっただろう。

「寅蔵は、金の隠し場所を探り出そうとしているわけですね」

「そうに違いない」

「佐次郎や園田らの動きも、察していたでしょうね」

「あれこれ探られていると感じていただろうからな。それでも、金のことは漏らさなかった」

「だからこそ、蔵吉がいなくなって、慌てたわけですね」

「そういうことだろう」

攫った者は、必ず金を求めてくる。お真砂にとっては、蔵吉は金以上の存在だろう。

「汚いやり方ですね。攫われたとするならば、佐次郎や園田らの他にはありません」

「寅蔵ならば、そこまではしないであろう」

近所中を廻ったらしいお真砂は、強張《こわば》った顔で戻ってきた。一見《いちげん》の客としては、声をかけにくい。

「お役人の手を、借りましょう」

お真砂は、番頭らに勧められて、河岸場役人に事情を伝えた。しかし頼りにしている気配はなかった。

すでに、攫った者の見当がついているからか。

「分かりました。まずはしばらく、様子を見ましょう」

訴えを聞いた河岸場役人は言った。はしはしと動く気配はなかった。軽く考えている。

源之助は、お真砂と番頭の後をつけて、そのやり取りを窺った。

源之助は、蔵吉がいなくなったときの模様を、調べることにした。

昼下がりの頃、蔵吉は近くの子どもと木登りをして遊んでいた。相手は舂米《つきごめ》屋の子どもだ。

「いつも高くまでどんどん登ってしまって、気がついたら降りてきている。今日は、登ったきり降りてこなかった」

曖昧な口ぶりだ。空へ消えてしまったわけではないだろう。気づかれずに降りて、どこかへ行ったことになる。

「そのとき、誰か近くに人はいなかったのか」

「そういえば、旅の人が」

河岸場には、旅人は少なからずいる。そもそも蔵吉は、旅籠の子どもだ。

「体の大きな者は、いなかったか」

「いたかもしれない」

自信のない口ぶりだ。事実いたならば、佐次郎と定吉の可能性が出てくる。

近くの船着場でも訊いたが、巨漢も蔵吉の姿も見た者はいなかった。目立つ川岸には出ず、陸の裏道を通ったと思われた。

夕方になって、篠崎屋へ旅人が入ってきた。お真砂は出入り口で客の出迎えをしない。番頭と女中が応対した。

「おかみさんが客を迎えないなんて、初めてです」

番頭が言った。奉公人たちも、蔵吉の身を案じている。前で客引きをする声が、心なしか小さい。

源之助と正森は、入ってくる客の様子に目を凝らした。

「攫った以上は、必ず何か言ってくるはずだ」

「となれば、お真砂も動きますね」

「うむ。ただ攫ったやつが、どう指図するかだな」

「子どもを殺しますか」

「金を手にするまでは、殺しはしないだろう。手に入れたら、子どもだけではないかもしれぬ」

「寅蔵はどうするでしょう」

「いちいち訊くな。分かるわけが、なかろう」

叱られた。

四

暮れ六つ（午後六時）の鐘が鳴った。街道に並ぶ店に明かりが灯った。まだ遅着きの旅人が、篠崎屋へ入ってくる。

源之助は正森と共に、お真砂の動きに注意を払っていた。もちろん、外の通りの見張りも怠《おこた》らない。

番頭や女中は、到着した客とのやり取りに忙しい。そんな中で、お真砂が裏木戸から外へ出た。旅籠の者に、何かを告げたわけではなかった。

「おい」

気づいたのは正森だった。源之助は外を見張っていたが、誰かが来た気配はなかった。前から分かっていてのことらしい。

手には何も持っていなかった。闇に紛れて、河岸の道を足早に歩いて行く。振り向きもしなかった。

源之助は正森と共につけた。お真砂や自分たちを見張る者がいるかもしれないので、警戒しながら後を追って行く。

お真砂は小堀河岸の外れまでやって来た。

「佐次郎らに会うのか」

だとすれば、何も持たないのは腑に落ちない。蔵吉の命と引き換えに、隠し場所を教えるのか。

お真砂は苛立ってはいるが、怯えている気配はなかった。

人家も人気も少なくなったところに地蔵堂があって、その先に小さな船着場があった。満月に近い丸い月が、あたりを照らしている。風がわずかにあって、川面を揺らしていた。

源之助と正森は、六間（約十一メートル）ばかり離れた暗闇に身を潜めた。人の気配はまったくない。上流の取手河岸とこちらの小堀河岸に、町の明かりが灯っている。

すると待つほどもなく、黒い影が現れた。旅姿の町人が一人だ。周囲に目を凝らしたが、巨漢の姿はなかった。蔵吉の姿もない。

源之助は、生唾《なまつば》を呑み込んだ。

お真砂に身構える様子はなかった。月明かりがあるとはいっても、顔がはっきり見えるわけではない。ただ源之助は、旅姿の町人は寅蔵だと察した。蔵吉を捜し回っていたときに、この場所へ来るようお真砂は指図されたのかもしれないと考えた。

前に出ようとして、正森に腕を取られた。やり取りを聞けという合図だ。逸る気持ちを、源之助は抑えた。

「蔵吉は、やつらに攫われたんだな」

「あんた。あの子がどこにいるか、知っているのかい」

野太い男の声があって、お真砂が答えた。我が子を案ずる、母親の悲痛な声だ。旅籠では聞いたことがない。

「知っているわけがねえ。おれはあいつらに、命を狙われたんだ」

抑えた声に、怒りが滲んでいた。

「今となっては、用済みということだね」

お真砂の受け答えには、どこか冷ややかな響きがあった。

「まあ。おれはやつらの企みの、すべてを知っているからな。訴えて出たいところだが、それはできねえ」

やれば捕らえられ、寅蔵の首が刎《は》ねられる。

「しくじった後、あんたはここへ知らせに来た。驚いたけど、いつかはこんなことになるんじゃないかと思っちゃあいた」

胸に込み上げるものがあったらしい。乱れた口調になった。しかしすぐに、気持ちを引き締めたらしかった。

「それより、あの子をどこに隠しているのか、見当はつかないのかい」

寅蔵が狙われるよりも、蔵吉の命の方がお真砂には大事だろう。

「一度取手から離れたおれがここへ戻ってきたのは、やつらが必ずあんたたちを捜し出すと思ったからだ」

「お宝目当てじゃないのかい」

「それもあるが案の定、蔵吉は攫われた。どこかであんたに寄ってきたんだろ、あいつら。でもあんたが、お宝の場所を口にするわけがない」

「まあね。あの人を、救うための金だって言ってた」

「ふざけたことをぬかしやがる。その話は、蹴ったんだろ」

「当たり前じゃないか。獄門が決まった咎人《とがにん》を、金で救えるわけがない」

子を攫われても、お真砂は冷静らしかった。苛立ってはいても、相手の本性を見抜いている。

「だがよ、案ずることはねえさ。蔵吉は何があっても取り返す。兄貴とも約束しているからな」

寅蔵は続けた。

「東雲屋だって、侍たちだって、おれやあんたら母子には手を出さないと言った。だから兄貴は、あいつらに都合のいいことを、話しているはずなんだ」

正紀が盗賊の仲間だという件らしい。

「どうせあの人の金を、狙っているんだろうさ」

「違げえねえ」

「ふん。あんただって、あの人が残したお宝を、手に入れようっていう腹じゃないのかい」

「そんなつもりはねえが、分け前はもらいてえな」

言い訳をするような口調だ。

「分け前は渡したって聞いているよ。どうせ、ろくでもないことに使っちまったんだろ」

「そんなことはねえ。もともとおれたちの取り分は、兄貴より少なかった」

「さあ、どうだか。でもたとえそうだとしても、それは、世話になったんだから当然じゃないか」

寅蔵は極悪人だが、お真砂は怯んでいない。寅蔵は何を言われても、腹を立てる気配はなかった。

蔵吉を無事に取り戻すにはどうすればいいか、お真砂は悩んでいる。だからここへも、出てきたのだろう。

「金を渡して、蔵吉を取り戻すつもりか」

「仕方がないだろ。それしか手がないなら」

お真砂は、河岸場役人に助けを求めたが、すべてを伝えてはいない。伝えれば、たとえ子どもが戻っても、そのままでは済まない。己は盗賊以蔵の共犯となる。

「いや、それは無理だ。金を奪ったら、あいつらはあんたと蔵吉を殺す」

冷ややかな寅蔵の口ぶりだった。

「………」

お真砂は言葉を返せない。その通りだと思うからだろう。

「おれは、あんたと蔵吉を守る。お宝もいただくがな」

「どうするんだい」

「やつらを河岸場役人に捕らえさせ、お宝を手に蔵吉を連れて、おれと逃げればいい。生きるところは他にもある」

寅蔵は具体的なことは話さないが、案があるらしかった。そのまま続けた。

「ただ隠し場所が分からないと、用意ができねえ。大まかなところだけでも教えてもらおうじゃねえか」

細かく話したら、今夜のうちにも持ち逃げしてしまうかもしれない。お真砂も分かっているだろう。

「長禅寺」

やや迷う様子を見せてから、お真砂は短く答えた。

「そんなところだと思ったぜ」

と寅蔵。源之助も考えたことだ。佐次郎らも、察しているかもしれない。話が済むと、寅蔵は船着場に舫《もや》ってある小舟に飛び乗った。瞬く間に、利根川の闇の中に紛れ込んだ。

お真砂は、急ぎ足で篠崎屋へ戻った。

五

正紀は、三好屋の番頭から手渡された源之助の文の封を切り、記されている内容に目を通した。

「植村が襲われたが、一命を取り留めたのは何よりだ」

青山にも、文を読ませた。やはりとんでもないことが、起こっていた。

「大殿様が助っ人に入られなければ、どうなったことか」

青山が応じた。正森には、頼んだわけではないから、なおさらありがたかった。

「まずは植村を見舞おう」

一命を取り留めたとはいっても、重傷であることは明らかだ。記されていた医者の家へ行った。

植村は眠っていたが、正紀が枕元に座ると間もなく目を覚ました。

「こ、これは」

目の前にいるのが誰か気づいて、驚いたらしかった。起き上がろうとしたが、痛みに顔を歪めた。

「じっとしておれ」

正紀は、掻い巻きの上から体をそっと押さえた。

「このようなことになって、申し訳なく」

やっとそれだけ、口にした。話すだけでも辛そうだが、役に立てないでいることを恥じている。

「何を申すか。無事で何よりだ」

正紀と青山の顔を見て安堵したのか、植村は再び眠りに落ちた。

それから正紀と青山は、小堀河岸へ向かった。深編笠を被っている。誰に会うか分からない。

町の者何人かに篠崎屋の場所を訊いて、腰高障子の前に立った。他にも旅籠はあり、その内では、中どころといってよかった。

しばらく様子を窺う。すると目の前で、駆けてきた十歳くらいの子どもが、敷居を跨いで中に飛び込んだ。「おや」と思って見ていると、すぐに出てきた。そして走り去って行った。あっという間に姿は見えなくなった。

「子どもの遊びでしょうか」

青山はそう捉えたらしい。

中の様子を見ていると、おかみらしい三十歳ほどの女が出てきて上がり框《がまち》に転がっている紙切れのようなものを拾い上げた。強張った表情で、そのまま奥の部屋へ入った。

そして正森が、正紀の前に現れた。

「部屋を取って二階へ上がれ」

と告げられた。番頭に申し入れて、源之助が借りた隣の部屋へ入った。先ほど紙切れを拾った女が、お真砂だと教えられた。

「植村殿には、申し訳ないことを」

源之助はまず、正紀に詫びた。ずっと己を責めてきたらしい。

「案ずるな、死にはせぬ」

それからこれまでの詳細と、蔵吉が攫われるまでの経緯を伝えてきた。昨夜お真砂と寅蔵が会って交わした話についても聞いた。

「では、今の子どもは」

「おそらく、佐次郎らが何か伝えてきたのであろう」

「子どもを使うなど、どこまでも卑怯なやつらでございますな」

源之助は、すべてに腹を立てる。

「やはり長禅寺へ呼び出したのでしょうか」

明るいうちから呼び出されるとは思えないが、万一に備え、お真砂の動きには注意しなければならない。

「寅蔵は、一度は逃げながら、戻ってきたわけだな。母子を守るというよりも、やはり金が目当てなのであろうな」

「しかし気持ちがまるでないわけでもなさそうだぞ」

正紀の言葉に、正森が返した。

「お由は、この地ではお真砂として生きてきたわけですね」

「蔵吉は、父と母の本当の名を知らないのではないかと思われます」

源之助が正紀と青山に伝えた。

「その方が、あの者には幸せであろう」

正森の言葉は、真実だ。

外に目を向けるだけでなく、建物内でも人の動きに気を配った。しかし何事もないまま、夕暮れどきになった。旅人が敷居を跨いで泊まりに来る。

「いらっしゃいませ。ご無事のお着き」

番頭や女中の声が、聞こえる。そんな中、お真砂は一人で篠崎屋を出た。提灯を手にしている。

「よし」

正紀と正森、源之助と青山も深編笠を被って表に出た。お真砂は上流の取手河岸へ向かった。正紀ら四人も、後に続いた。川風が、少し冷たかった。沈みかけた西日が、彼方の山の端を照らしている。

お真砂は、迷いのない足取りで歩いて行く。辿り着いた場所は長禅寺だった。

石段を上り山門を潜る頃には、日は西空に沈もうとしていた。お真砂に続いて本堂の裏手に出る。しんとしていて、聞こえるのは風で揺れる樹木の枝や葉の擦れ合う音だけだった。

日が落ちると、お真砂の提灯の明かりだけが、ぽつんと灯る形になった。明かりの灯る庫裏は、だいぶ離れている。正紀は闇に目を凝らしたが、人の気配は感じなかった。

正森が手を振って合図をした。かねて打ち合わせた通り、正紀と源之助が一組、正森と青山が一組となって、お真砂を挟む形に二手に分かれて闇に潜んだ。

お真砂は動かない。その場に立つように指図されたらしかった。

息を詰めながら、正紀は改めて闇に目を凝らす。

「うむ」

闇の中に、人の動く気配があった。樹木の陰から人が現れた。手に明かりはないが、月明かりが全身を照らした。

顔に布を巻いた商人ふうだ。

「蔵吉を返せ」

商人ふうが何か言う前に、お真砂は数歩前に出てから叫んだ。

「だがその前に、お宝のありかを教えてもらおう」

落ち着いた声だ。人質を取っているからか。

「そんなもの、ありゃしないさ」

「嘘をつくな。こちらはお見通しだ」

商人ふうは動じることなくそのまま続けた。

「子どもを返すのは、その後だ」

凄みのある声になった。あくまでもお宝を手に入れてやるぞという腹だ。

「教えたら、殺す気だろ。その手には乗るものか」

「いや、信じてもらう」

「冗談じゃあない。すべては、蔵吉を返してもらってからだ。そうでなければ、金輪際話をしないよ」

お真砂もしぶとい。悪党を恐れていなかった。

「頑固なあまだ。よし、連れてこい」

商人ふうは、声を上げた。闇の奥に動くものが見えた。現れたのは覆面をした巨漢だ。猿轡《さるぐつわ》を嚙まし、後ろ手に縛った子どもを抱えていた。

子どもは呻き声を漏らし、足をばたつかせるが、巨漢相手ではどうにもならない。

「蔵吉っ」

お真砂は駆け寄ろうとしたが、巨漢は抜き身の長脇差を手にしていた。お真砂は足を止めた。

「お放し。そうでなければ、何も言わない」

「そうか。ならば餓鬼《がき》の、鼻を削げ」

商人ふうの声は、容赦がなかった。お真砂が、小さな悲鳴を上げた。

源之助が飛び出そうとするのを、正紀は止めた。手には小柄《こづか》を握っているが、投げるのはぎりぎりのときだ。

「お宝はここの境内だよ」

「だからどこだ」

「東司《とうす》」

お真砂の声が小さくなったが、正紀には聞こえた。商人ふうが、東司へ目を向け数歩近づいた。だがそこで、闇の向こうの墓所のあたりから、乱れた足音が聞こえた。

「うわあっ」

という複数のだみ声が上がると、その一帯が明るくなった。松明《たいまつ》を持った男たちが、墓守の小屋から飛び出してきたのだ。

炎が、周囲の墓を照らしている。

正紀は仰天したが、源之助や商人ふうも驚いたらしかった。松明を持った男たちは、十人くらいはいそうだ。片手に松明、片手に棍棒《こんぼう》を持って近づいてくる。商人ふうや巨漢に打ちかかろうということか。

すると今度は、闇の中から長脇差を抜いた男が飛び出してきて、蔵吉を抱えた巨漢に躍りかかった。激しい一撃だった。巨漢は体を横にして、どうにか刃を躱した。大きくても、身ごなしは素早かった。けれども子どもを抱えていては、反撃もできない。

松明の明かりが、長脇差の男の顔を照らした。寅蔵に違いなかった。

六

巨漢を襲った寅蔵の一撃は、なかなかに鋭い。かろうじて巨漢は凌いだが、二の太刀があって、それも躱しながら後ろへ下がった。この段階で、体がぐらついていた。

さらに攻められたら、もう避け切れない。ここで巨漢は、蔵吉の体を前に出して、盾にした。

「くそっ」

寅蔵は、それで打ち込めなくなった。構えた長脇差の切っ先が震えている。極悪人でも、身内の命は惜しいようだ。

このとき暗がりから侍が飛び出した。ためらう寅蔵に向けて横から斬りかかった。気配を察した寅蔵は、横へ跳んだ。

刀身が、空を斬った。寅蔵は、修羅場を潜っている。一瞬にして体勢を立て直して、侍と対峙した。

侍は顔に布を巻いている。園田か笠原だと察せられるが、今は分からない。

ここで正紀は闇の中を飛び出した。ほぼ同時に、巨漢に向けて小柄を投げている。

「うわっ」

巨漢は闇から飛んできた小柄を、避けることはできなかった。腕に刺さって、子どもを抱えていられなくなった。

駆けつけた正紀は、転がった蔵吉を抱き起こし縛《いまし》めの縄を切った。

「東司の屋根へ逃げろ」

木登りが得意だと聞いていた。そして駆けつけた源之助に叫んだ。

「子どもを守れ」

巨漢が子どもを追って行く。それに長脇差を抜いた商人ふうも続いていた。

「はっ」

源之助も負けじと駆けた。これに潜んでいた青山が加わった。子どもは、何としても守らなくてはならない。

「うわあっ」

ここで松明を持った男の一人が、絶叫を上げた。現れたもう一人の覆面の侍に斬られたのである。ばさりと倒れた。

松明が、火の粉を散らしながら夜空に舞った。

侍は間を空けず、次の松明を持つ男に躍りかかった。斬りつけられた男は後ろへ身を引いたが、肩先を斬られ、松明を飛ばして倒れた。あっという間に、二人がやられた。

「おおっ」

驚きと、恐怖の混じった声が上がった。松明の男たちの足並みが、乱れ始めた。松明を捨てて、逃げ出した者がいる。

寅蔵が銭で雇った破落戸に違いない。しょせんは烏合《うごう》の衆だった。

覆面の侍は逃げる男を追って、さらに斬りつけようとした。そこへ正森が現れて、刀身を払い上げた。

侍と対峙する形になった。正森も凄腕で、向かい合うだけでも威圧されるが、相手は怯んでいなかった。

「ううっ」

そう遠くないところで、肉と骨を裁《た》つ音と共に呻き声が聞こえた。目をやると、覆面の侍が寅蔵を斬り捨てたところだった。

倒れた体は、ぴくりとも動かない。

驚いた。荒事に慣れているはずの寅蔵が、こんなに容易く斬られてしまうとは考えもしなかった。

侍は、お真砂に駆け寄った。お真砂も、蔵吉を追って東司の傍まで来ていた。ここでは青山と商人ふう、源之助と巨漢が戦っている。

覆面の侍は、お真砂に向けて刀を振り上げた。

寅蔵を始末したことで、用済みと踏んだのだろう。

「やっ」

正紀は侍の体に一撃を放った。相手もそれに気づき、刀身で撥ね返した。素早い反応だった。いきなりの動きでも、体がまったく揺るがない。

「たあっ」

体の動きを止めずに、角度を変えた刀身で正紀の肩先を目指して打ち込んできた。

正紀はこれを鎬《しのぎ》で払いながら、斜め前に踏み出した。そして相手の小手を狙って、刀身を突き出した。

これならば、動きが少なくて済む。相手が引いても、そのまま突き込むことができた。

しかし相手は身を引かなかった。切っ先を払うと、逆に正紀の肘を狙ってきた。互いの体は、触れ合うほどに近かった。

正紀は相手の刀身を弾き返したが、勢いづいた二つの肩がぶつかって、体が交差した。

このとき被っていた深編笠が飛ばされた。しかしかまってはいられない。

すぐに振り返って攻撃に移ろうとしたが、相手も同じことを考えていた。振り下ろした二つの刀がぶつかった。

わずかに擦れ合ってから、相手は横に跳んだ。力を込めていた正紀は、前のめりになった。思いがけず速い動きで、目で追えなかった。

そしていきなり、横から二の腕めがけて一撃が襲ってきた。動きを小さくして、刀身を払った。同時に正紀は足を踏みしめた。

動きに応じるために、体勢を整えたのである。

けれども相手は、正紀の次の動きを封じるように、刀身を肩先目指して突き込んできた。

攻めるのはあきらめて、これを払い、そのまま相手を打とうとしたが、躱された。

二つの体が、それで離れた。

「うわっ」

絶叫が上がった。正森ともう一人の侍が争っていたあたりからだ。正森の声ではない。人の体が地べたに倒れたのが分かった。

その音を聞いたのか、正紀の相手の侍に、動揺があった。

「たあっ」

正紀はその隙を逃さず、刀身を突き出した。相手は身を引きながら払おうとしたが、わずかに遅れた。

二の腕を、浅く斬ったのが感触で分かった。刀を落とすほどではない。

相手は次の太刀を警戒し、正紀を睨みながら、するすると後ろへ身を引いた。

「その顔は」

斬り合っていたのが正紀だと気づいたらしかった。それで今度は正紀が動揺した。

敵に正体がばれたのはまずい。討ち取らねばならなかった。

このとき、正森が近づいてくる気配もあった。

「おのれ」

相手は、正紀からさらに離れた。そして漆黒の闇の中に飛び込んでいった。素早い動きだった。

敵が増えて、戦う気持ちをなくしたのであろう。

正紀は追いかけたが、闇は侍の姿を隠してしまった。蔵吉とお真砂のことが気になった。

東司へ駆け戻った。商人ふうと巨漢は、青山と源之助によって倒されていた。

「子どもは無事だ」

「おっかあ」

正森が叫んだ。

東司の屋根から、蔵吉が飛び降りた。

「ああ、助かった」

お真砂が子どもを抱きしめた。

倒れている商人ふうと巨漢は、深手を負って虫の息だった。青山も源之助も、容赦をしなかったようだ。

顔の布を剝ぎ取った。

「佐次郎と定吉に違いありません」

顔を知っている源之助が言った。正森が斬った侍のもとへも行った。顔の布を取ると、笠原だった。すでに息をしていない。

「こやつ、なかなかの腕前じゃった。斬るしかなかった」

正森は言った。

「すると逃げたのは、園田となりますね」

青山が呟いた。

「金はどうなった」

正森が東司に目をやった。以蔵の金ならば、奪った金だ。源之助と青山が東司を検めた。お真砂は、その様子を目にしていたが、何も言わなかった。

正紀が、落ちていた松明を拾い上げ照らしてやった。東司とはいっても、堅牢《けんろう》な建物だ。

「ありました」

屋根裏を探っていた青山が、声を上げた。

このとき正紀は、壁のあたりを探っていた源之助に命じて、蔵吉を遠ざけた。ここからは、父親が盗賊だという話になるからだ。それは聞かせたくない。

「分かりました」

源之助も、察したらしかった。離れた場所へ連れて行った。

青山が見つけたのは木箱だった。埃を被っている。ずっしりと重いし、振ると金属のぶつかり合う音が聞こえた。錠前が掛かっていた。正森が、石でそれを叩き壊した。

蓋を開けた。小判と小粒が入っていた。

「ざっと、四百両ほどでしょうか」

「少ないな」

正森は驚いた様子だった。正紀も同様だ。少なくとも千両はあると考えていた。

「あの人、弟たちに分けていたんです」

お真砂が唇を嚙んだ。以蔵は、旅籠に金を置いては何かあった場合に、お真砂が怪しまれると考えた。

「それであの人、篠崎屋の先代が眠る寺の東司の中に隠したんです。あんなところに隠すなんて、誰も考えられないだろうって」

「墓守の老人に、見張らせたわけだな」

　正森が念押しをした。

「そうです。話しちゃあいませんでしたが、東司をどうにかするような話があったら、すぐに伝えろと告げていたんです」

　そのために、銭を与えていた。

「以蔵が捕らえられたのは、寅蔵から聞いたのだな」

「はい。江戸を離れてから、すぐにここへ来ました。でもここは、捕り方や東雲屋に探られるかもしれないって、一度は離れたんです」

「以蔵の金に未練があって、戻ってきたわけだな」

「そうでしょうね。でもあの人、蔵吉を助けようとしてくれました」

　目に涙を溜めた。

「以蔵は、その方らに金子を残したかったわけだな」

「何かあったら、この金を使えって」

「捕らえられたと聞いて、運び出そうとは考えなかったのか」

　お真砂は、その金に手を触れていなかった。触れていれば、埃が溜まってはいなかったろう。

「だってあれは……」

言葉を呑んだ。

第五章　就任

一

「このままでは、済まぬぞ。この騒ぎには、寺の者も気づいている。町の者たちを引き連れてくるだろう」

正森が言った。正紀が耳を澄ますと、庫裏や山門のあたりから足音や話し声が聞こえた。

刀剣を振るっての乱闘があったわけだから、気がつかないわけがない。松明の炎は見えただろうし、掛け声は聞こえただろう。ただ収まるまで危なくて近寄れなかったに違いない。

収まれば、近寄ってくるはずだった。宿場役人も、顔を見せるだろう。

「軽はずみなことは、口にしてはならぬ」

正森は言った。正紀や青山に対してだけでなく、お真砂にも目を向けていた。応答次第では、お真砂も押し込みの共犯になる。

「ははっ」

正紀が応じると、青山もお真砂も頷いた。

「この額については、知っていたか」

正森は正紀が手にしている四百両ほどについて、お真砂に尋ねた。

「いえ。万一のときに使えと言われていました」

「どのような手立てで得た金かは、知っていたな」

「知っていました」

お真砂はうなだれた。お縄につく覚悟だと、正紀は察した。

もちろん正森は、お真砂に金を渡すつもりはないらしかった。それは正紀も同感だ。ただすべてを明らかにすれば、蔵吉は両親を失うことになる。お真砂は以蔵の金に救われたとはいえ、堅気として旅籠で働いてきた。

贅沢《ぜいたく》をしていたようには見えない。

「その方、この金が欲しいか」

「それは……」

欲しいとは言えない。たとえ以蔵が、命懸けで奪った金でもだ。

「ならばこの金のことは忘れて、ここで子どもと真っ当に暮らすがいい」

お由ではなく、お真砂として生きるということだ。正森は、この母子は責めないと決めたらしかった。

「えっ」

お真砂は、驚いたらしかった。捕り方に、突き出されると考えていたに違いない。すぐには言葉が出なかった。

正森の対応について、正紀に異存はない。源之助も青山も、同じだと思った。しかしこれで解決したわけではなかった。

また逃げた松明の男たちが、どこで何を喋るか分からない。ここで青山が口を開いた。

「墓守がいたはずですが。たぶんあの小屋ではないでしょうか」

墓所の隅にある小屋を指さした。地べたに落ちた松明の明かりが、ぼんやりと照らしている。

「おお、そうであった」

源之助から聞いていたことを、正紀は思い出した。すぐに青山は走り、墓守を引きずって来た。老人は騒ぎに怯えて、逃げることもできなかったらしい。

「おれは、銭を貰って場所を貸しただけだ。寅蔵は、攫われた子どもを救うためだと言ったんだ」

男たちも、そう告げられてやって来たらしい。とはいえ、銭は受け取っている。寅蔵と墓守は、顔見知りだった。

「寅蔵は、篠崎屋の昔からの馴染みの客だったとすればよかろう」

「攫われたことを知って、手助けをしたという形ですね」

「侍二人と商人ふう、それに大きな男が、蔵吉を攫って身代金を奪おうとしたという筋書きだ」

正森と正紀で話した。青山が頷いている。苦しいが他に手はない。他のことは分からないで押し切る。

「どうだ」

「はい。ありがとうございます」

正森がお真砂に告げると、涙声が返ってきた。

「金は、どういたしますか」

「奪った先は、少なからずあるが、すべてに返すことはできまい。宮津屋に、その方が密かに渡せばよいではないか」

「しかし佐次郎と定吉はどうしますか」

追い詰められれば、洗いざらい喋るだろう。二人の容態を検めた。佐次郎は、腹を裁ち割られていて深手だった。血が着物を濡らしている。傷は深そうだった。出血も多い。

「おそらく、助かるまい」

正森の診立てだ。

「定吉は、手当て次第では助かるかもしれませぬ」

青山が言った。正紀にも、そう見えた。

「ならば現れた寺の者に任せよう」

「喋りますぞ」

「しょせんは銭で雇われた小者《こもの》だ。とはいえ子どもを攫い、助けに入った者を殺した仲間だ。何を言おうと誰も信じまい」

「まさしく」

源之助と青山は助っ人の立場となる。

「藩名と名を明かして証言すれば、宿場役人はその方らが口にしたことを信じるであろう」

さらに正森は、佐次郎と定吉が何者かを伝えるようにも命じた。

「これで東雲屋の佐次郎が人攫いの賊として捕らえられ、巨漢の定吉はその仲間だと知れよう。押し込みの前に度々見かけられていた者だとも証明できるはずだ」

「いかにも」

「塚本とかいう定町廻り同心の証言も、これで信じるに足るものではなくなるであろう」

「むしろ東雲屋の関与が、表に出ますね」

定吉は、杉之助とも会っているだろう。

「ともあれその方は、すぐに江戸へ戻らねばならぬ」

ここでの事件を、源之助からの急ぎの文で知ったことにして、公儀や浜松本家や分家に伝える。宮津屋の押し込みに関わる巨漢の存在が、他にあることを明らかにしなくてはならない。

「もう一つ、捨て置けないことがあるぞ」

「逃げた園田のことでございますね」

逃がしたのは、不覚だった。

「あやつも江戸へ戻るだろう」

正紀が取手にいることを浦川や正棠らに伝えるはずだ。他の問題が片付いても、蟄居謹慎を破った以上、廃嫡は決まる。

「では、この場を去ろう」

正森と正紀は、初めからいなかったことにしなくてはならない。

「はっ」

近づいてくる人の声と足音があった。それぞれに提灯や梯子《はしご》、刺股《さすまた》などを手にしていた。寺の者と、知らされて駆けつけた町の者たちに違いない。

こちらが何者か分からないからか、慎重な足取りだった。

正紀と正森は、闇に紛れて東司の近くから離れた。

「攫われた子どもを、奪い返してもらいました」

お真砂の声が背後から聞こえた。きりりとした声だった。

「わしはこれで、取手から出るぞ」

境内から出たところで、正森が言った。

「銚子へお戻りに」

「そうだ。人攫いの件と江戸の押し込みの件は仔細がはっきりしたが、解決はしておらぬ。性根を据えてかからねばならぬ」

「はっ」

正森の言葉通り、正紀への疑惑は完璧に晴れたわけではない。もう一つ何かが欲しいところだった。

「今頃江戸でも、何か起こっているかもしれぬぞ」

気味の悪いことを、正森は口にした。

船着場へ行った。夜も更けて、しんとしている。停まっている荷船はあったが、これから出航する気配はなかった。

船着場の番小屋に明かりが灯っていた。そこへ行って番人に尋ねた。

「ほんの少し前に、関宿へ向かう荷船が出ました。その次は、明日の朝にならないと出ませんね」

と返された。

「荷船が停まっているではないか」

焦りの気持ちがあって、ぞんざいな口ぶりになってしまった。

「すでに停まっている荷船は、明日の朝届く荷を積みます。それからの出立です」

「ううむ」

どうにもならない。銚子行きの船はまだ来るので、正森はそれに乗る。

「最後に出た荷船に、腕を怪我した侍は乗らなかったか」

念のために、番人に尋ねた。園田も、江戸へ戻るならば、船を使うはずだ。

「そういえば駆けつけてきたお侍がいて、乗り込んでいきました」

出航の間際だったそうな。

「そうか」

さらなる焦りが、胸に萌《きざ》した。浦川や正棠、東雲屋は、ここでの出来事を、一日早く知ることになる。悔しいが、どうにもならない。

夜明けまで、篠崎屋に投宿することにした。宿の者に、蔵吉の無事を伝えられる。案じているはずだった。

一刻半ほどして、お真砂と蔵吉の母子と共に、源之助や青山も戻ってきた。夜もすっかり更けて、客も奉公人たちも眠りに落ちている。正紀もうとうとしていた。迎え入れて、話を聞いた。

「大まかな話はいたしました。細かな調べは明日となります」

青山が言った。佐次郎は、正紀が去ってしばらくしてから死んだ。定吉は手当てを受けたが、意識がないままだという。

正紀が立ち去った後の、長禅寺でのやり取りを聞いた。

「蔵吉が攫われたのは確かで、宿場役人も知っていました」

下流の小堀河岸の出来事だが、取手河岸の役人にも伝えられていた。

「助けてもらいました」

というお真砂や蔵吉の証言があって、源之助と青山が助っ人に入ったのは明らかとされた。寺の者や宿場役人は、源之助の供述を信じた。金のことは、誰も口に出さなかった。あくまでも誘拐事件としての証言だ。

「おいらは、東司の屋根に逃げたんだ」

蔵吉は、それ以上のことは知らない。

「聞き取りされた一部始終は、江戸にも伝えられるそうです」

源之助は、それを確認していた。

蔵吉は死んだ寅蔵を、叔父ではなく知り合いの旅人だと証言した。これはお真砂が、耳打ちをしていた。

蔵吉は母を信じて、余計なことは口にしなかった。なかなか性根の据わった口の堅い子どもだった。

とはいえ、目の前で斬り合いがあり、人が亡くなった。やはり衝撃だったのは間違いない。部屋の隅でぼんやりしていた。眠る気にはなれないようだ。

「その方を守ろうとして、叔父ごは亡くなった。悲しいな」

正紀は、蔵吉に声をかけた。

「はい。おとっつぁんは、どうしているでしょうか」

父親のことが、気になっている。正紀は極悪人の以蔵を思い浮かべるが、蔵吉の父親は、あくまでも花蔵だ。

「その方を、案じているであろう」

これは間違いない。そのために、正紀を陥《おとしい》れる偽証をした。

「もう、会えないような気がします」

口にした後で、蔵吉は洟《はな》を啜《すす》った。身の上に大きな変事があった。何かを感じたのかもしれない。正紀は、あることを思いついた。

「そなたは、文字を書けるか」

「おとっつぁんにも習いました」

以蔵が取手へやって来たときだとか。

「では、何か書いてみぬか。おれは明日には江戸へ戻るが、万一おとっつぁんに会うことがあったら渡してやろう」

それくらいのことはしてやれるだろう。

「ありがとうございます」

書くというので、お真砂に頼んで紙と墨の用意をしてもらった。蔵吉は文机《ふづくえ》に向かい、姿勢を正した。

しばらく考えてから、筆を手に取り墨をつけた。書いたのは『おとう』という文字だった。紙一面に堂々と書かれている。

隙間に『蔵吉』と入れた。名は漢字で書けるらしい。

「よし預かるぞ」

墨が乾いたところで、正紀は受け取った。

翌早朝、正紀は一人で関宿に向かう荷船に乗り込んだ。江戸を出て、三日目のことだ。

二

「では、そのように図りまする」

出納帳《すいとうちょう》を閉じた井尻が、佐名木に頭を下げた。丁寧な挨拶はするが、近頃はどこかよそよそしくなった。

会って最初に交わした会話は、正国の容態についてだった。

「一時は案じられましたが、順調なご快復、何よりでございます」

これは、正直な気持ちだろう。そして用件に入った。ただそれ以外の話はしない。以前ならば、物の値が上がった不満や不意の出費について、愚痴《ぐち》めいたことをあれこれ口にした。

正紀にも触れなかった。

佐名木は、正紀が江戸にいないことは、井尻に知らせていなかった。これまでは伝えていたが、今回は本家に漏れることを警戒した。

正紀を廃嫡する企みは、高岡藩上屋敷内でも、密かに進んでいる。そのための藩士の連判状も、すでにそれなりの数の名が連ねられていると佐名木は耳にしていた。

井尻のこの数日の様子を見ていると、署名をしているのではないかと察せられた。勘定奉行への昇格という話に飛びついたのかもしれない。井尻は隠し事ができない質《たち》だから、気持ちが態度に表れる。

「それでは、これにて」

用件が済んだ井尻は、逃げるように佐名木の用部屋から出て行った。佐名木から問いかけを受けるのを、怖れているようにも感じた。

井尻だけではない、藩邸内がぎこちなくなった。

正紀が江戸を出てから、四日目となっている。取手では、どのような首尾となっているのか、見当もつかない。

早い解決を願うばかりだった。

正国隠居の日も迫っている。浦川や正棠が、どのような手を打ってくるか。穏やかではない気持ちだった。

そして昼近く、下屋敷に詰めている高坂が、佐名木のもとへやって来た。高坂の傷は、だいぶ快復していた。

困惑の顔で、佐名木に相談に来たのである。

「本家の浦川様から、先ほど書状が届きました」

と告げて、一通の書状を差し出した。早速読み始める。

「やれやれ」

佐名木はため息を吐いてから、書状を手に取った。

「ほう。厄介なことを」

苦々しい気持ちで吐き捨てた。下屋敷へ出向き、正紀を見舞いたいとの内容である。使者ではなく、自ら出向くとあった。

正紀が江戸を発つ前日にも、同じ趣意の書状が、下屋敷に届けられた。そのときは代理の者を寄こすという話で、病を理由に断った。

しかし次の日にも書状は来て、今日は三通目だった。高坂から逐次報告は受けていた。

「これは」

読み進めて、佐名木は息を吞んだ。書状には浜松藩の藩医柳沢相悦《やなぎさわそうえつ》を伴うとあった。訪問は、今日の夕刻と記されている。

「断らせないつもりだな」

都合を訊くのではなく、すでに決めたことといった書きぶりだった。

「来られては、話になりませぬ」

だから高坂は慌てて、上屋敷へやって来た。自身ではどうにもならない。

そこで佐名木は、一計を案じた。

「尾張様の名を借りよう」

浦川に宛てて、正紀の容態は名医として誉れ高い尾張の藩医に診てもらうことになっているると文を書いたのである。

「これならば」

高坂は勇んで出かけた。しかし一刻半ほどで、さらに困惑の表情で佐名木のもとへ戻ってきた。

「どうした」

「浦川様は、ご立腹です」

佐名木には、思いがけない返答だった。

「何が、気に入らぬのだ」

「尾張でございます」

「うむ」

さすがに尾張の名には遠慮をするだろうと思ったが、甘かったようだ。

「浜松藩の藩医よりも、尾張の藩医を重んじるのか、という話でございます。正甫様のお考えでもあるとか」

「難癖だな」

とは分かるが、高岡藩が浜松藩の分家である以上、本家の命に逆らうことはできない。正甫の名を出されたら、なおさらだ。

「何であれ、正紀様の御《おん》ために、おいでなされるとか」

「正紀様のためにだと」

廃嫡にするためにではないか。

「さようで。それだけではありませぬ」

「何だ」

「病の重い正紀様の身を案じて、正棠様もお越しになるとか」

浦川と正棠が、正紀不在の証人となる。いないとなれば、蟄居謹慎を破ったことになる。

「日延《ひの》べはできぬのか」

正紀が戻ってくるまでのことだ。

「それは申しましたが、お聞き入れになりません。急ぐのは、正紀様の病をこじらせぬためだとか」

「おのれっ」

そうしている間にも、刻々とときが過ぎる。

「あやつらは、正紀様の不在に気づいているのではないか」

佐名木は呻いた。隠し通してきたつもりだが、ばれたのか。

「ともあれ、下屋敷まで参ろう」

佐名木と高坂は、上屋敷を出た。

「何か妙案はないか」

何も思いつかないうちに、下屋敷に着いてしまった。

そしてそろそろ夕刻になろうかという頃、佐名木は浦川の一行が、高岡藩下屋敷に着いたと知らされた。ほぼ同時に、正棠も屋敷に着いた。

佐名木はやむなく、医者を含めた三人を客間に通し、そして腹を決めた。来客たちを前にして、平伏した佐名木は口を開いた。

「わざわざのお越し、恐縮に存じます」

「いやいや、正紀殿のことを思うゆえのことでござる」

正棠が、もっともらしい顔で言った。そこで佐名木は返した。

「正紀様にはご気分がよろしくなく、どなたにもお目にかかりたくないとか」

引き上げてほしいと告げた。医者がどうこうという問題ではないとしたのである。

「はて、おかしなことを仰《おお》せられる」

「まことに。だからこそ名医を連れてまいった」

浦川と正棠が続けた。とぼけた口ぶりだが、何があっても引かないという決意が窺えた。

「さりながら、会いたくない者に会って、さらに具合が悪くなったらなんとなされる」

責める言い方になったのは、そこまでしなければ相手は引かないと踏んだからだ。

「世迷言《よまいごと》を申されるな。ひょっとして、正紀様は当屋敷にはおいでにならぬのではないか」

口元に嗤いを浮かべて浦川が言った。正棠が、頷いた。

「どうだ、図星《ずぼし》だろう」

と目が言っていた。

「そのようなことはござらぬ」

佐名木は口では返したが、腋《わき》の下に汗が流れたのが分かった。ここは何があっても引けない。

三

江戸を出て三日目の早朝、正紀は醤油樽を積んだ荷船に乗って取手河岸を出た。晴天だったので、冠雪した筑波山がよく見えた。いつものように、大小の荷船が行き来する。

風はまだ冷たいが、火照《ほて》った体の正紀には心地よいくらいだった。

昼下がりになって、関宿に着いた。

「江戸へ向かう船はないか」

船着場で訊いた。夕暮れ前に出る木綿を積んだ荷船に乗れるように話をつけた。しかし刻限になっても、なかなか船が出ない。

「どうしたのか」

焦る気持ちを抑えながら、船頭に問いかけた。

「江戸へ運ぶ荷が、まだ着かねえんですよ」

仕方がないという顔で答えた。人を運ぶのは、船頭にとってはついでだ。

「いつになる」

「さあ」

その間にも、遅れて着いた荷船が、先に江戸へ向けて発った。話をつけていないから、それには乗れない。

「おのれっ」

待っているわけにはいかない。他を探して、暮れ六つ過ぎに出る薪炭《しんたん》を運ぶ船に乗り込んだ。

思いがけず手間取ってしまった。

関宿の町明かりが、揺れて見えた。じれったい思いを抱えながら、正紀は船から見える夜の景色を眺めた。明日は満月だから、月明かりで岸辺がぼんやりと窺えた。

途中の河岸で停まり、荷の積み下ろしがあった。

園田は、前夜に取手を出ている。うまくいけば、すでに今夕には江戸に着いているはずだった。正紀を目撃したことを、黙っているわけがない。

「知った浦川や正棠は、必ず動く」

問題は何をしてくるかだ。

荷船が小名木川へ入ったのは、翌日のそろそろ夕刻になろうかという頃だった。西空に目をやると眩《まぶ》しい。

「あの橋のところで、降ろしてくれ」

正紀は船頭に声をかけた。南十間川《みなみじつけん》が小名木川と交差しているあたりだ。降りた正紀は深編笠を被り、南十間川の河岸の道を北へ向かって駆けた。猿江御材木蔵《おざいもくぐら》を過ぎると竪川に出た。

竪川を越せば、高岡藩下屋敷のある亀戸へ出る。立ち止まることはなかった。

「おお、屋敷が見えたぞ」

走り続けるうちに、建物が近づいてくる。藩邸の裏門側には田圃が広がっている。人気はまったくない。近くへ来たところで、いきなり人影が現れた。着流し姿の侍だ。

「何だ」

相手は目の前に立ち塞《ふさ》がるように身構えている。

「高岡藩のご世子、正紀様でございますね」

さらに近づくと声をかけてきた。黒羽織を着てはいないが、南町奉行所の定町廻り同心塚本昌次郎だと分かった。忘れもしない顔だ。

「………」

「いけませんぜ。蟄居謹慎の身の上で、お屋敷を出ちゃあ」

茶化すような口ぶりだ。

「そうか」

屋敷内で、何かが起こっているのだと察せられた。だから入れないように邪魔をしている。東雲屋あたりに頼まれたのかもしれない。

「どいてもらおう」

相手にする気はない。正紀も、腹を決めた。屋敷には、何としても入らなくてはならなかった。

塚本は身構えて、腰の刀に手を添えた。刀の鯉口《こいぐち》を切ったのが分かった。それならば、刀を抜くしかなかった。

ほぼ同時に、二人は刀を抜いた。振り下ろされた二本の刀身がぶつかり合った。金属音が響いた。

弾かれた刀身を、正紀はそのまま相手の小手に向けて突き込んだ。払うかと思ったが、塚本は後ろへ引いて躱した。そのまま刀身を前に押し出すと、正紀の刀身を払い上げた。

意気込んでいたから、上半身が前に伸びた。その腹を、腰を屈めた塚本は抜こうとした。

正紀は横へ跳んだ。腹から一寸ほどのところを、敵の切っ先が音を立てて行き過ぎた。

目の前に相手の肩がある。振り上げていた刀身を、それめがけて振り落とした。しかし塚本の動きは速かった。

こちらの動きが分かっていたように、刀身を下から払い上げた。

そしてまた後ろへ身を引いた。ゆとりのある動きだ。剣の腕は、園田よりも上だと感じた。

「やりますな。正紀様」

揶揄《やゆ》する言い方だった。決着を急いでいない。

「何の」

焦ってはいけないと思うが、もたもたしてもいられない。向こうに長引かせたい事情があるならば、こちらは急がなくてはならないはずだった。

正紀は地を蹴って、再び塚本の肩先を目指して打ち込む。それで倒せるとは思っていない。

向こうがどう出るかで、動きを変えるつもりだ。

塚本は体を斜めにしながら、前に出てきた。こちらの刀身を外すと、小手を狙ってきた。

大きな動きをしない分、鋭い打ち込みになった。

その切っ先を払いながら、正紀は相手の脇に回り込もうとした。刀身は払えたが、塚本には逃げられた。

肘を打つつもりだったが、気づかれた。

再度向かい合った。正眼に構えたまま打ち込んでこない。隙がないから、打ち込みたいこちらもなかなか攻めに出られない。切っ先を揺すって煽ったが、それには乗ってこなかった。

焦《じ》れてくるのはこちらだった。

「やっ」

正紀は腹を決めて上段から打ち込んだ。相手はこちらの刀身を払いもしないで真横に跳んだ。飛び込んだ正紀の体は、塚本の目の前に無防備に晒《さら》された。

ここで塚本の刀身が、こちらの首筋をめがけて振り下ろされてきた。正紀は、これを弾き返す。

しかしそれで攻めは終わらない。中空で回転した刀身が、再び首筋を目指して落ちてきた。前よりも、勢いがついていた。

初めて、気合を入れて打ち込もうとしていた。

ただその動きには無理があった。正紀の腕が下と見たのかもしれない。流れに任せ

ての攻めになっていた。

正紀は斜め前に出た。向こうの切っ先を払ったところで、わずかにこちらの刀を引いた。目の前に、塚本の腕がある。

「とうっ」

気合と共に、刀を振り下ろした。

「うわっ」

絶叫と共に鮮血が、ほぼ同時に飛んだ。刀の柄《つか》を握る正紀の手には、肉と骨を裁ち割った衝撃がはっきりと残っていた。

刀を握ったままの塚本の右腕が、血を撒き散らしながらばさりと地べたに落ちた。足を踏ん張ろうとしたらしいが、どうにもならず、塚本の体が前のめりに倒れた。

正紀は血刀を拭き、それを鞘《さや》に納めた。腰の手拭いで、塚本の右腕の付け根を縛った。止血をしたのである。

それから裏門の戸を叩いた。何度か叩くと、潜り戸が内側から開かれた。

「ああ、正紀様」

出てきた高坂が、抑えた声を上げた。

「浦川様と正棠様が、医者を連れてお見えです」

状況を伝えられた。


屋敷にいないのかと告げられて、佐名木はここまでだと腹を決めた。何と言われようと、病間へ入れるわけにはいかない。

「正紀様は、誰にも会いたくないと仰せでござる」

それでも行くというならば、切腹覚悟で、腕ずくでも止めるつもりだった。

「何を申すか、病間はどこか。我らだけでも、参ろうぞ」

正棠は、焦れたらしく片膝を立てた。何であれ、不在を明らかにするつもりと見えた。浦川も腰を浮かした。

しかしここで、高坂が部屋へ入ってきた。佐名木に耳打ちをした。

「そうか」

頷いてから、言葉を続けた。

「正紀様におかれては、お二人に会うと仰せでござる」

「ええ、何と」

驚いたのは、浦川と正棠の方だった。

「腰を下ろしてくだされ」

佐名木が落ち着いた声で告げた。予想しなかった展開からか、浦川と正棠の顔が赤みを帯びた。

そこで襖が開かれた。寝間着姿の正紀が顔を見せた。

「見舞い、ありがたく存じ上げる」

「いやいや」

浦川と正棠は狼狽《うろた》えていた。とんでもないものを見てしまったという顔だった。

「久々に、お顔を拝見した。おかげですっかり良くなり申した」

「それは何より」

正棠が、掠れた声で応じた。得心はいかないが、受け入れざるをえないという状況だ。

「重畳でござる」

浦川はそう言ったが、忌々《いまいま》しく思っているのは憤怒《ふんぬ》の目を見れば明らかだった。

「ではこれにて」

正紀は二人を置いて、客間を出た。

「わざわざのお越し、まことにありがたく」

佐名木は慇懃《いんぎん》にそう告げて、浦川と正棠に引き取るよう促《うなが》した。

「そ、そうだな」

連れてきた医者と共に、三人は立ち上がった。

「いや、薄氷を踏む思いでございました」

さすがの佐名木も、慌てたらしかった。

「間に合ってよかった」

正紀は高坂から事情を聞いて、すぐに寝間着に着替えたのだった。

「正紀様のお帰りが少しでも遅くなっていたら、どうなったか分かりません」

高坂が、安堵した顔で言った。

四

裏門前で倒した塚本については、そのままにしたわけではなかった。屋敷へは運び込まぬまま応急手当てを施し、家臣に亀戸町の自身番へ知らせに行かせた。

しばらくすると、町の者が、戸板に乗せて運んで行った。

「事情は知らぬ。裏門とはいえ、このようなことがあっては迷惑千万でござる」

高坂が、町の者へ告げた。井上家では、なぜ倒れていたかは知らぬ存ぜぬで通した。

ただ北町奉行所の山野辺には使いをやって下屋敷に足を運んでもらい、詳しい事情を話した。

「塚本も愚かなことを」

正紀から話を聞いた山野辺は、吐き捨てるように言った。結局塚本は、無駄に片腕を失うことになった。

「始末は任せておけ」

山野辺が、自身番へ行った。

翌日昼近くになって、山野辺が高岡藩下屋敷に再び顔を出した。亀戸町での塚本の処置について、正紀に伝えに来たのである。

「塚本は、八丁堀の屋敷へ戻した。右腕を失っては、もう定町廻り同心はできぬであろう」

「怪我について、どう話をしたか」

「辻斬りにやられたと申しておった。まあ、大名家の世子を襲って、返り討ちに遭ったとは言えぬだろうからな」

仮に正紀のことを口にしたとしても、高岡藩では認めない。定町廻り同心では、太刀打ちできないと塚本も分かっているはずだった。園田や東雲屋のことも、口には出さなかったとか。

「身から出た錆《さび》だな。金に目が眩んだのが、そもそもの間違いだ」

右腕と役目を失うが、山野辺の言葉には、同情の欠片もなかった。

「もうあやつは、何もできまい。定町廻り同心が辻斬りに遭ったでは、笑い話にもならぬ」

と付け足した。正紀としては、それでかまわなかった。

「そこでだが、一つ頼みがある」

「何か」

「以蔵に会えるように、取り計らってもらいたい」

取手であった出来事を詳細に伝えた。巨漢の定吉は取手にいて、園田は逃げた。取り返した金子は、宮津屋へ渡す。お由はお真砂として、蔵吉と共に取手で旅籠のおかみとして生きてゆく。

「それでよかろう」

山野辺は異を唱えなかった。

「後は以蔵の証言だな。翻させることができるか」

「分からないが、東雲屋も園田らも、女房子どもを守らなかった。偽証をする意味がなくなったことを伝えたい」

信じるかどうかは、分からない。

「何とかしよう」

山野辺は応じた。

その日の夕刻、正紀は小伝馬町の牢屋敷を訪ねた。裏門の戸を山野辺が叩くと、潜り戸が内側から開かれた。

山野辺の知り合いだという牢屋敷の鍵役同心が、中へ入るように目で合図をした。中に足を踏み入れると、外とは違う冷ややかな空気に包まれた。七尺八寸の練塀《ねりべい》の内側は、すでに薄闇に覆われていた。

中にも低い練塀があり、それに沿って歩いた。敷地内には、斬首を行う御様場《おためしば》もあると聞いた。

高い練塀が現れて、閉じられた重厚な門扉があった。この内側に牢舎がある。その脇の明かりが灯っている建物が、当番所だった。ここに同心や下男などが詰めている。すでに話が通っているらしく、番人が扉を開いた。潜ると左手に改番所があり、その先には大牢があった。

薄闇の中でも、堅牢な建物であるのは分かった。

建物の中央と両端に、出入り口がある。三か所には、常夜灯がつけられていた。ここからしか出入りできない構造で、夜陰に紛れて逃走を図っても、体がその明かりに晒される。

案内をする鍵役同心は、燭台《しよくだい》を手にしている。正紀と山野辺がこれに続いた。建物の中はさらにひんやりとしていて、ごくわずかに汗と糞尿のにおいが混じっていた。

廊下の各所に明かりが灯っている。

「こちらへ」

入って間もなくのところにある部屋の戸が、開かれた。六畳ほどの部屋で、三方は壁で板の間である。天井に明かり取りの窓があった。以蔵との対面は、ここで行うらしい。

鍵役同心は部屋に入らず、そのまま牢舎の奥へ行った。待つほどもなく、足音が聞こえた。

以蔵が姿を現した。燭台が二つ置かれていて、姿はよく見えた。ひげも月代《さかやき》も伸びていたが、その顔には見覚えがあった。捕縛される際に正紀に負わされた右肘の傷はまだ癒《い》えていないらしく、晒が巻かれていた。

部屋の中で、三人が向かい合った。

こちらが誰かは、すぐに分かったらしかった。「ふん」といった表情で、向けてきた目には憎悪があった。どうせ獄門だと分かっているから、怖いものなどないのかもしれなかった。

「おれは、取手の小堀河岸へ参った。篠崎屋のお真砂と蔵吉に会った」

前置きもなく、正紀は言った。

以蔵はごくわずかに眉根を動かした。秘密にしていた女房子どもを突き止められて驚かないわけはないが、動揺を抑えたのか。

「その方と江戸から逃げたお由の行方だがな、こちらも調べた。東雲屋の佐次郎の動きで分かった」

佐次郎という名を聞いても、驚きは見せなかった。

「それが、どうしたってんだ」

低いが、荒々しい言い方だった。抑えきれない苛立ちは、お由と蔵吉を捜し出されたからか。問いかけには答えず、正紀は続けた。

「園田新兵衛と笠原欣吾も取手へ出向いたぞ」

「ふん、そんな名は聞いたこともねえな」

見当はついているはずだが、名は聞かされていないのかもしれない。

「二人が、どこの家中か知っているか」

「だから知らねえっつってんだろ。ただあんたの敵だってえことだけは分かるぜ」

嘲笑う言い方だ。下手に出る言い方は、一切しない。

「それならばそれでいい。ただな、佐次郎と巨漢の定吉が、蔵吉を攫った」

「何だと」

険しい目になった。憎悪が目の光の中にあった。

「その方の、残した金子が欲しかったらしい」

「馬鹿な。あいつらがそんなこと」

「やつらはお真砂と蔵吉は守ると、言っていたわけだな」

「………………」

「しかし、その方の隠していた金に目が眩んだらしい。まあやつらは、もっとあるだろうと踏んでいたらしいがな」

「ふん。そんなでたらめ、信じるものか」

「信じようと信じまいと、その方の勝手だ」

正紀は攫われた顚末《てんまつ》と、長禅寺での出来事についても詳細を伝えた。寅蔵が園田に斬られたこと、寺の東司《とうす》から四百両が出てきたことも話した。

その場にいなければ、分からない内容だ。寅蔵の死と、東司から金子が出てきたことについては、はっきりと動揺を見せた。

寅蔵が母子を守ろうとして殺されたことは衝撃だろうし、東司に四百両があることは、おそらくお真砂しか知らないはずだ。それを正紀が知っている。

膝の上に置かれた以蔵の握り拳が、微かに震えた。

説明のつかない四百両のありかを知っていたとなると、当然詮議が行われる。お真砂が盗賊の仲間と見なされることも、察しただろう。

「しかしな、お真砂は篠崎屋のおかみで、江戸から逃げたお由ではない」

「えっ」

以蔵は驚きの目を向けた。正紀は続けた。

「この度の誘拐の件は、無事に蔵吉を取り戻すことができた。江戸の盗賊とは繋がらぬ。笠原と佐次郎は、斬られた。死人に口なしだ。園田は逃げたが、それを口にすれば己の首を絞めることになる。巨漢の定吉は、何を言っても、信じられないだろう」

「じゃあ、お由と蔵吉は」

「お由は知らぬが、お真砂と蔵吉は、篠崎屋で過ごしてゆくであろう」

「………」

「盗人の金子は、ないがな」

以蔵の肩から、すっと力が抜けたのが分かった。ただそれで、心を許したとは見えなかった。憎悪の眼差しは消えない。

正紀は、懐から紙片を取り出した。

「これは、蔵吉が書いたものだ。あの子は、その方が盗賊だということを知らぬ。花蔵だと信じている」

紙片を広げて、以蔵に与えた。『おとう』と書かれた紙片だ。

「これは」

「江戸で会えたら渡そうと告げて、受け取ってきた。好きな文字を書くようにと告げてな」

「そ、そうですかい」

以蔵は、文字に見入った。

「偽物《にせもの》だと思うか」

正紀は訊いた。しばらく見つめていたが、以蔵は首を横に振った。

「あいつの字です」

小さな声になった。いくぶん掠れていた。

「旦那が、書かせてくれたわけで」

「そうだ。蔵吉は、母を支えるそうだ。あの子も、もう十四歳だ」

以蔵は、泣きはしなかった。体も震わせない。さすがに極悪人だ。ただ紙片を持つ手に力が込められたのは分かった。

そして正紀に対する、口の利き方が変わった。正紀は問いかけた。

「どうだ。事件の前に、おれと会ったことがあったか」

「いえ、ありやせん。あっしの勘違いでした」

はっきりした口調で言った。向けてくる目に、憎悪はない。

「その証言が、調べの場でできるか」

「もちろんでさ」

以蔵は頷いた。

これで対面は済んだ。部屋から出るとき、以蔵は少しだけ頭を下げた。

「これでいけるぞ」

やり取りを聞いていた山野辺は言った。

下屋敷へ戻った正紀は、兄の睦群に宛てて文を書き、以蔵の供述について伝えた。尾張を通して、北町奉行を動かすのである。

こうなると、宗睦の動きは早かった。翌々日の朝には、問い質しが北町奉行所のお白洲で行われることになった。

公の場で行うべきというのが、宗睦の考えだった。この間、正紀と山野辺、それに吟味方与力は、牢屋敷内の穿鑿所《せんさくじょ》で以蔵や事件に関わる者の聞き取りを行っていた。

五

その日、幸いにも晴天だった。春の光を浴びた白砂利が眩しかった。

奉行によるお白洲吟味が始まる。正紀は、奉行が座る部屋とは襖を隔てた隣の部屋で当番与力や吟味方と共に着座した。奉行の特別の計らいだ。山野辺は、調べを担った与力として着座している。

白砂利には三枚の筵が敷かれ、一枚には縄打たれた以蔵が、そしてもう一枚には東雲屋伝五郎と杉之助が座った。二人とも、納得のいかない顔をしていた。百敲きの刑を受けた杉之助だが、今は背中の傷もだいぶ癒えたらしかった。

さらにもう一枚には、園田新兵衛が座っている。

どんと太鼓《たいこ》の音が鳴った。裃《かみしも》姿の奉行が現れて、調べのための座に着いた。筵に座る者たちが、一斉に頭を下げた。

「調べを行う。正直に申すがよい」

「ははっ」

両手をついていた以蔵は、額を藁筵にこすりつけた。

「ではまずは以蔵、その方に訊く」

奉行は、以蔵に面《おもて》を上げさせて、問いかけた。

「その方は、前の調べで正紀なる侍が、押し込みにあたって知恵を貸したと申したな」

「申しやした。しかしそれは、謀《たばか》りでございました。畏《おそ》れ多いことでごぜえやす」

いったん上げた頭を、もう一度下げた。

「なぜそのような真似をいたしたのか」

「それは、隣にいる杉之助に頼まれたからでございやして」

迷いのない口調だった。

「ま、待て。そんなことは」

杉之助が、慌てて口を挟んだ。

「不埒者《ふらちもの》、慎みおれ」

奉行が怒鳴りつけた。杉之助は体を震わせて、頭を下げた。

「あっしは、押し込むにあたって、初めにいろいろと調べやす。宮津屋のときも鹿島屋のときも、杉之助からいろいろ聞いて、押し込みをすることができやした」

押し込んだ家からは、少しでも早く出たい。そのためには建物の間取りや、主人の部屋の見当がついていることは、何よりも大事だった。

杉之助とは房川屋にいたときからの知り合いで、昨年江戸へ戻った折にばったり出会った。訴えられるかと警戒したが、それはされなかった。むしろ宮津屋を襲わないかと唆《そそのか》された。

「東雲屋は、房川屋から仕入れ先と卸先を奪って、商売敵を潰した。そしててめえの店を大きくしやがった。宮津屋もおれらに襲わせて、同じようにして潰す気だったんだ」

「存じません。そのようなことは」

今度は伝五郎が声を上げた。しかしここでも奉行は怒鳴りつけて、黙らせた。以蔵には、話を続けるよう促した。

「十三年前、あっしは房川屋の旦那を殺して五十両を奪い、舫っておいた舟で逃げた。そんとき伝五郎は、あっしが舟に乗り込むのを見ていた。捕らえようと声を上げれば済むことをしなかった。逃がしてくれたんだ」

これは正紀も知らないことだった。

「そんなことはない。あのときは、とうに舟が出た後だった」

伝五郎が喚《わめ》いた。それで以蔵の言葉が、嘘ではないと分かった。

「ふん。あったことを言っただけだ。でもお陰で助かった。あんとき声を上げられていたら、逃げられなかったかもしれねえ」

「恩義に感じたわけだな」

「まあ、そういうことで。だから伝五郎と杉之助の申し入れは、素直に聞けたんでさあ」

「正紀なる名を出したのは、盗むための手立てを東雲屋から得られたことへの見返りとしてか」

奉行が問い質しを続ける。

「それだけじゃあ、ありやせん。おれたちは三人の兄弟で押し込みをしていた」

押し込みは、三人だからこそこれまでしくじることはなかった。役割があった。しかし一人になったら、もう続けることはできない。

そこで才蔵だけでなく、もう一人が殺されたり捕らえられたりしたら、食うことができなくなる。そのときの手当てをしてもらうということを、鹿島屋へ押し入る前に、話していたと以蔵は続けた。

とはいえ、お真砂と蔵吉のことは口にしなかった。

「なぜ正紀だったのか」

「そんなことは、知りやせん。ただ前に、杉之助に連れられて、屋敷まで顔を見に行ったことがありやす」

ここで奉行は、伝五郎へ顔を向けた。

「その方の、申し分はあるか」

「ございますとも」

顔を赤くして言った。慌てている。そのまま続けた。

「私どもは、このような賊徒とは打ち合わせなどしておりません。三田寺町の福徳寺へ昔馴染みの繋がりで、宿泊を頼んだだけでございます」

それによる杉之助への百敲きの刑は、すでに済んだと付け足した。

「打ち合わせは、どこでしたのか」

奉行が以蔵に問いかけた。

「へい。福徳寺でもしましたが、宮津屋と鹿島屋へ押し込む前に、別のところで話をしやした」

「その方と伝五郎、杉之助がいたわけだな」

「宮津屋んときはそうでしたが、鹿島屋へ入る前のときには、あともう一人お侍がいやした」

「誰か」

「名もどこのお侍かも知りやせんが、顔は覚えていやす」

「どのような顔か」

「こちらのお侍でした」

以蔵は、園田に顔を向けて言った。鋭い眼差しだ。

「何を、根も葉もないことを」

園田が怒りの声を上げた。けれども以蔵は怯まない。

「根も葉もないことは、正紀ってえお侍の名を出したときで、このお侍と会ったのははっきり覚えていやす」

「どこでか」

町奉行には山野辺を通して、取手での一件を除いた宮津屋と鹿島屋の調べの詳細は伝えられていた。伝五郎や杉之助、園田と会った場所を尋ねている。

「湯島の梅里《うめさと》という料理屋でした」

「その方らは、覚えがあるか」

奉行は伝五郎と杉之助に問いかけた。

「とんでもないことでございます。覚えがないことで」

二人は大げさに首を横に振った。ありもしない話で済ませるつもりだ。

「では、控えの者を呼んでまいれ」

奉行が言うと、控えの同心が中年のおかみと番頭らしい男を連れてきた。その顔を見た伝五郎と杉之助は息を呑んだ。

「この者たちは、湯島梅里のおかみと番頭である」

奉行は言った。昨日以蔵から聞いて、呼び出しをしていたのである。

「この者たちの顔に、見覚えはあるか。一緒に、客としてやって来たか」

「はあ」

そう応じてから、おかみと番頭は、以蔵だけでなく伝五郎と杉之助、園田の顔を見つめた。

「一緒においででした」

しばらく見つめてから番頭が言い、おかみも頷いた。日にちを訊くと、鹿島屋を襲った二日前だった。

「知らぬ、行ってはおらぬ」

園田の声は、呻き声になっていた。

「見苦しいぞ」

奉行は一喝し続けた。

「これで正紀なる者は、押し込みの一件には関わりがないとはっきりいたした。相違ないな」

「ははっ」

以蔵が、大げさだと思えるほど大仰《おおぎょう》に頭を下げた。

「では仔細は、改めて吟味方が問い質しを行う。今日はこれまでだ」

奉行は正紀の潔白を証明できたところで、お白洲を閉じた。目的を達したからだ。

宗睦の意を受けていたことは間違いないが、調べの結果からすれば、東雲屋と園田の関与は明らかだった。正紀の疑惑は晴れた。

園田の身柄は、下妻藩に移され、そこで問い質しを受けることになる。藩主の正広のもとへは、青山が出向いて事の次第を伝える。

六

その翌日の二月二十日、正紀は亀戸の下屋敷から下谷広小路の高岡藩上屋敷に移った。一月《ひとつき》に満たない間だったが、長く感じた。

「何よりのことでございます」

佐名木他家臣一同が門扉を開け、整列して正紀を出迎えた。その中には、体を硬くした井尻の姿もあった。まともに正紀の顔を見られない。頭を下げたままだ。叱責を覚悟しているようにも思われた。

正紀は何事もなかった顔で、家臣たちの前を通り過ぎた。連判状に名を記した者もいるはずだが、すべての者に声掛けはしなかった。

まずは正国に目通りした。容態は、ずっと気になっていた。

「何事もなく、戻ることができました」

「何よりだ。これで障壁はなくなった」

正国の顔色は悪くない。正紀は安堵した。ただ前より老けた気がした。だいぶ痩せて、目尻の皺が深くなった。

「藩主として、励むがよい」

と続けた。いつ何があるかは分からないから、正国には無理をせぬよう過ごしていってもらわなくてはならない。

御座所に入ると、佐名木が巻物を持って現れた。二人だけで向かい合って座った。すべての片がついた。改めて何かを口にしなくても、安堵の気持ちが伝わってきた。使い慣れた御座所が懐かしい。

「これは正紀様を廃嫡しようとした者の連判状でございます」

佐名木は、反正紀派の者から取り上げたのだった。正紀の膝の前に巻物を差し出した。

「ご覧になりまするか」

問いかけてきた。

「いや、それには及ぶまい。燃やすがよかろう」

正紀は答えた。見たところで、今となってはどうなるものでもない。たとえ井尻の名があったとしても、それでどうするつもりもなかった。勘定方として有能であることは変わりがない。他の者も同様だろう。

「藩は、家臣一丸となって歩まねばなるまい」

ただ連判状を拵え、藩士を煽った国家老の児島は、そのままにするわけにはいかなかった。国家老の役は降ろし、隠居とさせる。代わりの国家老としては、河島一郎太を据えることとした。

正紀の藩政を打ち出してゆく。

そして夕刻、正紀は尾張屋敷の宗睦に呼ばれた。すでに詳細は、文で伝えてあった。謁見《えっけん》の間には、睦群もいた。

「危ない場面であったが、これで憂いはなくなった。廃嫡の芽は摘まれた」

「幸いでございます」

正紀は返した。

「定信も乗完も、さぞかし無念であろう」

愉快そうに、宗睦は言った。睦群も、笑顔を向けている。

「東雲屋は、以蔵との関与を認めたそうだな」

睦群が問いかけてきた。

「さようで。町奉行所の厳しい穿鑿《せんさく》がありました」

取手での子どもの誘拐についても、伝えられてきていた。佐次郎は銚子の出店の主人で、伝五郎の甥である。伝五郎はお真砂と蔵吉を以蔵の縁者と告げたが、確たる証拠はないから、取手の宿場役人と江戸の町奉行所は、悪党の戯言《たわごと》として切り捨てた。

その件は、かえって心証を悪くした。

「金を得るためには、何でもするやから」

と捉えたのである。吟味が済んで、引き上げてきた源之助と青山から、今日になって聞いた。

「委細は、大奥の滝川殿にも伝えた。案じておられたからな」

宗睦が言った。

「ありがたいことでございます」

鼻の先がつんとした、滝川の顔が頭に浮かんだ。

「浜松の家老も、分家の隠居も、気落ちしたであろう。そういえば隠居の手先も、捕らえられたそうじゃな」

「はっ。園田なる者で鹿島屋襲撃に、関与があったという咎《とが》でございます」

「切腹した元の江戸家老の倅じゃな」

「それがしの名を出させるために、与《くみ》したようで」

「分家の隠居の差し金だな」

「まさしく。ただそれは言えないので、賊が犯行の場から逃げるための算段に手を貸し、金子を得たとしております」

園田は下妻藩が引き取り、切腹になるとか。

「隠居の関与は、なかったとなったわけじゃな」

「そのようでございます」

ただ分家の当主正広は、正棠が園田に指図をした形跡ありとして、国許の下妻に送ると、正紀に告げてきていた。浦川については、関与の証拠はなかった。配下を出していない。

沙汰なしとなる。

「あやつは、これからまた何か企むかもしれぬぞ」

宗睦の言葉に、睦群が続けた。

「西尾藩側用人加瀬晋左衛門だがな、あの者は知らぬ顔を決め込むつもりらしい」

「確かに、手を汚したのは、笠原だけでございますからな」

「笠原某《なにがし》は、無駄死にとなる」

正紀が関与することはない。西尾藩としても加瀬にしても、笠原の行いと死亡について は公にできない。

「これで大給松平と浜松井上の関わりは、これ以上深くなることはなくなった」

宗睦には、それで充分らしかった。

高岡藩上屋敷に戻った正紀は、久しぶりに京の部屋へ入った。正紀は、鼻から深く息を吸った。

京の部屋には、京のにおいがする。それを嗅いで正紀はほっとした。

「難事を乗り越えられ、胸のつかえが取れました」

「そうか」

京の顔を見れば、安堵した様子が窺えた。正紀はそれで満足した。すべての出来事を詳細に話して聞かせた。

「以蔵の最後の証言は、大きかったですね」

「うむ。あれがあったから、今の決着を得ることができた」

「蔵吉なる子の力ですね」

「いかにも」

以蔵は受け取った紙を、腹の奥に押し込んだ。刑場まで、持ってゆくつもりだろう。

「極悪人も、人の親であったということでございますな」

「そうであろう」

蔵吉には、以蔵の死は伝えない。ただ花蔵が帰ってくることがなくなって、何かを感じるだろうとは思った。お真砂が、どう話すかだ。

「植村の具合はいかがですか」

「取手で、順調に快復をしているようだ。歩けるようになったら、戻ってまいる」

四百両は、宮津屋の主人となった富作《とみさく》に正紀が渡した。

「少し足りぬが、これだけ取り返すことができた。公にはせぬがよいな」

「もちろんでございます。これで潰れなくて済みます」

やはり損失は大きかったようだ。伝五郎と杉之助は死罪と決まり、東雲屋は闕所《けっしょ》となったが、永久島に干鰯〆粕魚油問屋は残ることになった。

「ようございました」

正紀の話を聞いた京は言った。

それから正紀は、孝姫としばらく戯《たわむ》れた。鞠《まり》を転がして遊ぶ。うまく受け取れると、正紀は手を叩いて喜んだ。飽きずに繰り返す。

「ほれ。もう一度ゆくぞ」

受け取りやすいように転がす。正紀も人の親だった。京が、その様子を笑顔で見ていた。

三月七日、従五位下《じゅごいのげ》壱岐守《いきのかみ》の井上正紀は、正式に下総高岡藩一万石の当主となった。

本作品は書き下ろしです。

双葉文庫

ち-01-54

おれは一万石《いちまんごく》

藩主《はんしゅ》の座《ざ》

2022年8月7日　第1刷発行

【著者】

千野隆司《ちのたかし》

【発行者】

箕浦克史

【発行所】

株式会社双葉社

〒162-8540 東京都新宿区東五軒町3番28号

［電話］03-5261-4818(営業部)　03-5261-4868(編集部)

www.futabasha.co.jp（双葉社の書籍・コミックが買えます）

【印刷所】

大日本印刷株式会社

【製本所】

大日本印刷株式会社

【カバー印刷】

株式会社久栄社

【DTP】

株式会社ビーワークス

【フォーマット・デザイン】

日下潤一

ISBN978-4-575-67123-0 C0193

Printed in Japan

千野隆司
おれは一万石
出女の影
長編時代小説〈書き下ろし〉
正国の奏者番辞任により、久方ぶりの参勤交代を行うことになった高岡藩。金策に苦しむ正紀に、大奥御年寄の滝川が危険な依頼を申し出る。

千野隆司
おれは一万石
金《きん》の鰯《いわし》
長編時代小説〈書き下ろし〉
八月の正国の参府の費用捻出に頭を抱える正紀たち。そんな折、銚子沖の鰯が不漁だとの噂を耳にし〆粕の相場に活路を見出そうとするが。

千野隆司
おれは一万石
大殿《おおとの》の顔
長編時代小説〈書き下ろし〉
銚子の〆粕を巡る騒動は、高岡藩先代藩主の正森と正紀たちの活躍により無事落着。だが波崎屋と納場の一味が、復讐の魔の手を伸ばし……。

千野隆司
おれは一万石
尚武《しょうぶ》の志《こころざし》
長編時代小説〈書き下ろし〉
野分により壊滅的な被害を受けた人足寄場。再建に力を貸すことになった正紀は、資金を捻出すべく、剣術大会の開催を画策するのだが。

千野隆司
おれは一万石
花街《かがい》の仇討ち
長編時代小説〈書き下ろし〉
三十年もの長きにわたる仇捜しの藩士。恋仲の娘を女衒から奪い返すべく奔走する御家人の三男坊。二つの事件は意外なところで絡み合い!?

千野隆司
おれは一万石
世継《よつぎ》の壁
長編時代小説
〈書き下ろし〉
正国が隠居を決意し、藩主交代の運びとなった高岡藩井上家。正紀の藩主就任が間近に迫るなか、阻止せんとする輩が不穏な動きを見せる。

千野隆司
湯屋のお助け人
菖蒲の若侍
長編時代小説
旗本家の次男である大曽根三樹之助は思いがけず「夢の湯」に居候することに。三樹之助の活躍と成長を描く大人気時代小説、新装版第一弾。

千野隆司
湯屋のお助け人
桃湯の産声
長編時代小説
湯屋の主人で岡っ引きの源兵衛が四年前に捕らえた罪人が島抜けした。三樹之助は悪人の牙から罪なき人々を守れるか⁉ 新装版第二弾！

千野隆司
湯屋のお助け人
覚悟の算盤
長編時代小説
「夢の湯」に瀬古と名乗る浪人が居候として加わった。どうやら訳ありのようで、力になりたいと思う三樹之助だが……。新装版第三弾！

千野隆司
湯屋のお助け人
待宵の芒舟
長編時代小説
五十両の借用証文を残し、仏具屋の主人が姿を消した。三樹之助と源兵衛は女房の頼みで行方を捜すことに……。大人気新装版第四弾！